W0183105

Joana Osman

Wo die Geister tanzen

Joana Osman

WO DIE GEISTER TANZEN

Roman

C.Bertelsmann

Für Michael Noah Osman
Damit er weiß, woher er kommt.

Rest in peace.
In me
the meaning of your lives
is still
unfolding.

– ALICE WALKER –

Anmerkung

Ich kann nicht behaupten, dass ich mich beim Schreiben dieses Romans bemüht habe, historische Genauigkeit walten zu lassen und bei den Fakten zu bleiben – im Gegenteil.

Schon um die Persönlichkeitsrechte der hier auftretenden Personen zu schützen, ist diese Geschichte in weiten Teilen frei erfunden. Was die historischen Ereignisse angeht, so kann ich hier nur einen begrenzen Ausschnitt persönlichen Erlebens wiedergeben. Bei der Recherche zu diesem Buch habe ich mich auf historische Fachliteratur, Augenzeugenberichte und Erzählungen gestützt.

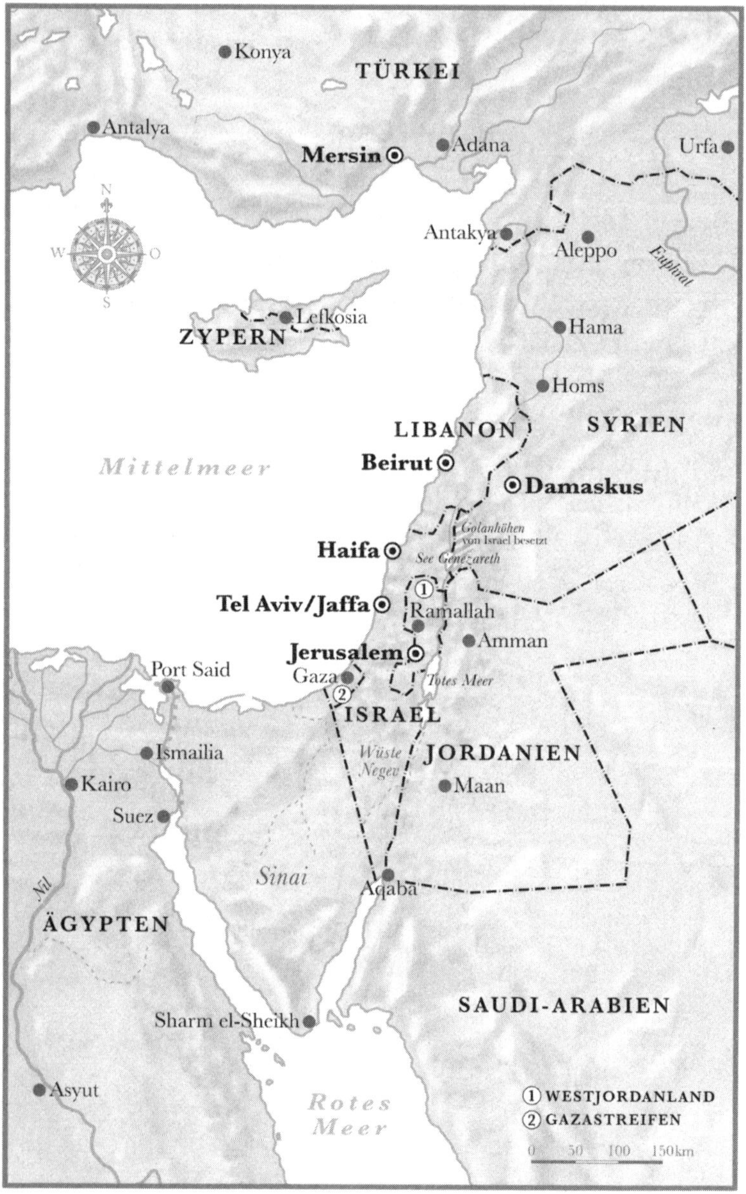

Konya
TÜRKEI
Antalya
Mersin
Adana
Urfa
Antakya
Aleppo
Euphrat
N
W
O
S
Lefkosia
ZYPERN
Hama
Homs
LIBANON
SYRIEN
Mittelmeer
Beirut
Damaskus
Golanhöhen
von Israel besetzt
Haifa
See Genezareth
Tel Aviv/Jaffa
Ramallah
Amman
Jerusalem
Port Said
Gaza
Totes Meer
ISRAEL
Ismailia
Wüste
Negev
JORDANIEN
Kairo
Maan
Suez
Sinai
Aqaba
Nil
ÄGYPTEN
SAUDI-ARABIEN
Sharm el-Sheikh
Asyut
Rotes
Meer
① WESTJORDANLAND
② GAZASTREIFEN
0 50 100 150km

Inhalt

Prolog

»Schreibe«, sprach jene Stimme,
und der Prophet antwortete: »Für wen?«
Die Stimme sprach: »Für die Toten,
für die, die du in der Vorwelt geliebt hast.«
Der Prophet fragte: »Werden sie mich lesen?«
Die Stimme antwortete:
»Ja, denn sie kommen wieder zurück
als Nachwelt.«

SØREN KIERKEGAARD

Eigentlich war es meine jüngere Cousine Zeynep, die mich auf die Idee für diesen Roman gebracht hat. Eines Nachts (es muss eine windige Märznacht gewesen sein, denn es sind ja immer solche windigen Märznächte, in denen irgendetwas Bedeutsames passiert, oder vielleicht war es auch im Sommer) klingelt mein Telefon und Zeynep ist dran. Was gibt's?, frage ich, und sie sagt, *Habibti*, ich muss dir was erzählen.

Warum tust du's nicht?, sage ich und bemühe mich, meiner Stimme einen lässigen und beiläufigen Klang zu geben, um zu verbergen, dass mir jedes Mal das Herz in die Hose rutscht, wenn jemand aus der Familie anruft. Oder eine Nummer mit einer Vorwahl aus dem Nahen Osten auf dem Display erscheint, was im Prinzip auf dasselbe hinausläuft.

Zey ruft aus Istanbul an. Ich kann den nächtlichen Verkehrslärm durchs Telefon hören. Vermutlich hat sie das Fenster offen stehen, oder sie sitzt auf dem Balkon und raucht.

Also, beginnt Zeynep und holt tief Luft. Ich hole auch tief Luft, denn die Ankündigung kann nur bedeuten, dass jemand heiratet (sehr wahrscheinlich) und ich hinfliegen soll, oder dass jemand zu Besuch kommen will, oder dass es richtig saftigen Klatsch und Tratsch gibt, den wir in den nächsten Stunden von A bis Z durchkauen werden. Wobei all das, wenn mich meine Erinnerung nicht trügt, noch nie dazu geführt hat, dass Zeynep mich anruft. Noch dazu mitten in der Nacht.

O Gott.

Ich habe etwas gefunden, sagt sie.

Eine Bombe?, frage ich. Ich weiß nicht, warum ich das sage. In meiner Familie sind wir besessen vom Krieg, so viel steht fest.

So ungefähr, sagt Zeynep. Es hat dieselbe Sprengkraft, das ist schon mal sicher.

Ein halbes Jahr später treffen Zeynep und ich uns am Hauptbahnhof von Tel Aviv. Sie ist zum ersten Mal hier, ich zum vierten. Es ist Sommer, obwohl es schon Oktober ist, und ich habe eines dieser grünen Mietfahrräder bei mir, die überall herumstehen. Wir wuchten ihren Koffer darauf und schieben das Ganze in die nächste Bar.

Zey kommt direkt vom Flughafen und strahlt dieses Gefühl von Gerade-angekommen-Sein aus. Hat alles geklappt?, frage ich. Ich meine die Einreise. Immerhin ist Zeynep Exil-Palästinenserin. Von Geburt an. Eigentlich würde diese Tatsache sie zu einer Ausgestoßenen machen, zu einer staatenlosen Person, zu jemandem, die kein Land, keine Heimat, keinen Pass und erst recht keine Perspektive ihr Eigen nennen kann. Aber Zeynep ist die Tochter eines Mannes, der vor vielen Jahren alles darangesetzt hat, eine Staatsbürgerschaft zu erwerben, und er tat dies, indem er sich jahrelang als Soldat in der Armee eines Landes verdingte, das ihm nichts weiter bot als das uneingeschränkte Aufenthaltsrecht für sich und seine Familie. Zeynep grinst und knallt ihren türkischen Reisepass auf den Tisch. Das magische Dokument. Im arabischen Teil meiner Familie ist es noch immer ein Privileg, einen Pass zu besitzen.

Die haben nicht mal gezuckt, sagt sie. Ich bin einfach durchmarschiert.

Zeynep hat knallrot gefärbte Locken, die ihr bis zum Po reichen, und trägt ein grünes T-Shirt mit Peace-Zeichen, eine lilafarbene Stoffhose mit Fransen und Elefantenprint und dazu jede Menge Silberschmuck. Sie passt in diese Stadt wie ein Pfeil in die Mitte einer Dartscheibe. Die Jungs vom israelischen Inlandsgeheimdienst, die jeden Reisenden am Flughafen Ben Gurion kontrollieren, müssen sie für die harmlose Irre gehalten haben, die sie ist.

Ich bin ein wenig neidisch, denn jedes Mal, wenn ich nach Israel einreise, werde ich von einem Sicherheitsbeamten in einen fensterlosen Raum geführt und nach allen Regeln der Kunst verhört, weil sie hier noch immer nicht glauben können, dass eine Frau mit deutsch-palästinensischen Wurzeln nach Israel reist, um in Schulen und Universitäten über Frieden zu sprechen.

Aber heute sind wir aus einem anderen Grund hier.

Hast du sie dabei?, frage ich, und Zeynep schiebt mir einen dicken Umschlag über den Tisch. Ich öffne ihn und ziehe das heraus, was Zeynep vor sechs Monaten so dramatisch angekündigt hat. Notizbücher. Sechs Stück. Chronologisch sortiert. Jede Zeile darin ist fein säuberlich beschrieben von der Hand meines Onkels Mahmoud, Zeyneps Vater.

Er ist seit vier Jahren tot, aber bevor er das Zeitliche gesegnet hat, muss er noch im Schreibwarenladen gewesen sein und sich diese Hefte gekauft haben. Warum er die vollgeschriebenen Notizbücher dann in einer Keksdose ganz hinten im Schrank versteckt hat, bleibt sein Geheimnis. Es ist ein großer Zufall, dass meine Cousine diese Hefte schließlich beim Aufräumen gefunden hat, wo sie doch normalerweise nie aufräumt. Zusammen mit den Tagebüchern meines Vaters, der auch tot ist, aber schon viel länger als Mahmoud, macht das in der Summe vierzehn Notizbücher. Die Geschichte unserer Familie, versammelt auf einem Haufen Papier. Nur dass die Tinte langsam verblasst. Scheiße, sagt Zeynep, und ich weiß, was sie meint.

Sie schlägt eines der Hefte auf und deutet auf das erste Wort. Was steht da, fragt sie. Die Frage brennt ihr seit sechs Monaten unter den Nägeln und beschreibt haargenau alles, was in unserer Familie verzwickt ist. Zeynep spricht als Tochter eines palästinensischen Vaters und einer syrischen Mutter fließend Arabisch, nur kann sie kein Arabisch lesen, weil ihre Familie in die Türkei ausgewandert ist, bevor sie überhaupt auch nur die Chance hatte, ihr *Alif Ba Ta* zu lernen. Ich, Tochter eines viel zu früh verstorbenen palästinensischen Vaters und einer deutschen Mutter, hatte in meinen überambitionierten Jugendjahren den dringenden Wunsch, die Sprache meines Vaters zu lernen, bin aber über besagtes *Alif Ba Ta* nie so recht hinausgekommen, was dazu führte, dass ich Arabisch zwar lesen, aber nur wenig verstehen und noch weniger sprechen kann. Gemeinsam bilden Zeynep und ich also eine Art linguistisches Frankensteinmonster, sind aber trotzdem aus irgendeinem Grund weniger als die Summe unserer Teile.

Ich kneife die Augen zusammen und versuche herauszufinden, was da steht.

Amsi, entziffere ich. Was heißt das?

Gestern, sagt Zeynep. Das heißt *gestern*.

Ich sehe schon, das hier wird schwierig.

Welcher Teufel hat mich eigentlich geritten, als ich dachte, ich könnte der Geschichte ihre verborgenen Geheimnisse entreißen? Ich hätte all dieses Spurensuchen vielleicht nie begonnen, hätte Zeynep mich damals am Telefon nicht gefragt: Wer war unsere Familie? Wie lebten sie? Warum wissen wir so wenig von ihnen?

Ich hoffte, die Sache schnell erledigen zu können, indem ich ihr antwortete, soweit ich wisse, stammten wir von einer Linie magerer armer Leute ab, Kanaaniten allesamt (was immer das bedeuten mag) mit einigen Beduinen, ein paar Phöniziern, Arabern, Römern, Türken, und unter Garantie einer Handvoll Juden als Zugabe, und dass ich unter keinen Umständen in die Bibliothek gehen könne, um über die Landbevölkerung des frühen Palästinas zu recherchieren, schon gar nicht über unsere eigene Familie, weil die es gar nicht bis in die Geschichtsbücher geschafft hätten.

Aber das reichte ihr nicht. Zeynep wollte Einzelheiten. Namen und Geschichten. Und so steckte ich meine Nase in den alten Schuhkarton voller Artefakte, den ich in meiner Wohnung aufbewahre. Mir fiel eine Gebetskette aus polierten Holzperlen in die Hände, die mein Großvater geschnitzt hat. Auf einem der Fotos erkannte ich sie wieder, er ist darauf mit einem Fez und einem gewaltigen Schnurrbart zu sehen, über seinem runden Bauch spannt sich eine Schaffellweste, und zwischen seinen Fingern baumeln die Holzperlen aufgereiht an einer Schnur. Großvater steht auf diesem Foto inmitten einer Berglandschaft, im Hintergrund erheben sich Gipfel und Zedern – vielleicht war es das Antilibanongebirge, wo dieses Bild irgendwann in den späten 1960er-Jahren aufgenommen wurde.

Als mein Vater das Land verließ, in dem er geboren wurde, und das Flugzeug bestieg, das ihn schließlich nach Deutschland und in eine bessere Zukunft bringen sollte, schrieb er in sein erstes Tagebuch: *Home. Love it, change it, or leave it.* – Heimat – Liebe sie, verändere sie, oder verlasse sie.

Mein Ansatz ist ein anderer, fragen Sie mich nicht warum. Ich konnte meine Heimat, das bayerische Dorf, in dem ich aufgewachsen bin, nie wirklich verlassen und muss immer wieder zurückkehren. Das ist unvermeidlich. Vielleicht, weil meine Vorfahren ihre Heimat so oft und so gewaltsam verlassen mussten, sehne ich mich umso stärker danach, meine Wurzeln tief in die Erde zu strecken und mich festzukrallen in der einzigen Heimat, die ich habe, ganz gleich wie unzulänglich sie einem auch erscheinen mag.

Doch wann immer ich mich in ein Flugzeug setze und fünf Stunden durch die Luft sause, um an irgendeinem Flughafen im Nahen Osten auszusteigen, und die schwüle, heiße Luft einatme, die nach Meer und Hitze riecht und noch nach etwas anderem, dann fühle ich mich wirklich zu Hause. Das Gefühl von Heimat überkommt mich wie ein Schock, wenn ich in Beirut aus dem Flugzeug steige und durch die klimatisierte Ankunftshalle gehe, aber es erwischt mich auch, wenn ich in Tel Aviv oder Jerusalem stehe und unter Zitronenbäumen auf den Bus warte. Ich werde dort nie leben können, aber Heimat ist es allemal.

Dabei ist es gar nicht meine Heimat, sondern die meiner Großeltern, was mich zu der Frage bringt, ob die Dinge, die die eigenen Ahnen erlebt und erlitten haben, sich auch in einem selbst eingeprägt haben, wie der Geruch nach Pfeifentabak in einem alten Ledersessel. Ein Geruch, den man noch riecht, obwohl man selbst nicht raucht.

Es ist ein wahrlich merkwürdiges Gefühl, Heimweh nach einem Land zu haben, in dem man nie zu Hause war, und noch merkwürdiger ist es, nach einem Zuhause zu suchen, das längst nicht mehr existiert.

Fast siebzig Jahre nachdem meine Großeltern ihre Heimat verlassen mussten, stehe ich also mit Zeynep im Hafen von Jaffa, und wir sehen hinaus aufs Meer, das in der Nachmittagssonne aussieht wie Orangeneis. Es ist heiß und ich habe Sand in meinen Turnschuhen, und weil Freitagnachmittag ist und bald der Sabbat beginnt, ist außer uns niemand hier. Über uns kreisen die Möwen, und ein paar alte Kähne schaukeln sanft in den Wellen und setzen Rost an.

Hier war es?, frage ich, und Zeynep sagt, hier war es.

Das ist der Hafen, von dem aus sie flohen. Dies ist der Ort, an den sie nie zurückkehrten, an den sie sich aber stets zurückwünschten, mit einer Sehnsucht, die einem das Herz sprengt.

Wie war das Leben unserer Großeltern, vor gut hundert Jahren? Wie lebten die Menschen damals? Es ist Oktober 2016, und Zeynep und ich stehen mitten in Jaffa und versuchen uns vorzustellen, wie es hier früher aussah.

Was wir brauchen, sage ich, ist ein Historiker. Was wir brauchen, gibt Zeynep zurück, ist ein Hundertjähriger!

Es ist heiß, und ich schwitze und habe Blasen an den Füßen und will eine Limonade, aber wir müssen einen Hundertjährigen suchen, und wenn es das Letzte ist, was wir im Leben tun. Am Ende finden wir unseren Greis in einem Hinterhof unter einem Tamariskenbaum. Das ist Abu Hamza, sagt Zeynep, die ihn schließlich mit der Hilfe einiger einheimischer Freunde von uns ausfindig gemacht hat. Er ist der Nachbar des Onkels eines Bekannten und zugleich der Urgroßvater einer anderen Bekannten, denn in dem Moment, in dem man in Jaffa laut sagt, dass die eigenen Großeltern achtundvierzig von hier geflohen sind, springen alle ansässigen Araber auf und setzen Himmel und Hölle in Bewegung, um einem zu helfen, das Haus seiner Großeltern zu finden. Oder das, was davon übrig ist.

Wir werden begrüßt wie zwei verlorene Kinder, und Abu Hamza erklärt sich bereit, uns alles zu erzählen, was er weiß, und das ist viel. Abu Hamza ist zweiundneunzig Jahre alt und so etwas wie das lebende Archiv der Stadt. Ich bin vielleicht taub, brüllt er uns auf Arabisch an, aber ich erinnere mich an alles, was ich je erlebt habe. Das ist gut, denn Zeynep und ich sind immer noch beschämend ahnungslos, was die Vergangenheit unserer Familie angeht, und auch mit der Geschichte kennen wir uns so gut wie gar nicht aus.

Wie zwei naive Touristinnen betrachten wir nickend Abu Hamzas Fotografien. Auf einem Bild ist der berüchtigte Großmufti von Jerusalem zu sehen, Al-Hosseini, der sich mal mit Hitler auf einen Kaffee getroffen hat, und Zeynep findet, er sieht aus wie Ryan Gosling. Wer ist Ryan Gosling, will Abu Hamza wissen, und wir sagen, ist nicht so wichtig.

Auch sonst wissen wir nicht viel, ein paar Namen, ein paar Daten, ein paar wenige Anekdoten, eben das, was die Mitglieder unserer Familie über sich und ihre Kindheit erzählt haben, und das ist nicht viel. Abu Hamza hilft uns auf die Sprünge. Er kramt in seiner Erinnerung und findet Bilder, Gesichter, Gerüche.

An diesem Nachmittag im Oktober lässt er für uns die Vergangenheit lebendig werden.

Erst spät am Abend machen Zeynep und ich uns zu Fuß auf den Weg von Jaffa zurück nach Tel Aviv. Wir sind voll mit den Geschichten von Abu Hamza und todmüde. Wir lassen die Altstadt hinter uns und gehen am Strand entlang in Richtung der Wolkenkratzer von Tel Aviv. Es ist ein merkwürdiges Gefühl, ein bisschen so, als ob man aus der Vergangenheit heraus- und in die Gegenwart eintritt.

Vor uns geht ein roter Vollmond auf, und hinter uns geht die Sonne unter. Sie stehen heute gleichzeitig am Himmel, einander exakt gegenüber. Überhaupt ist es eine merkwürdige Nacht: Zeynep ist hier und ich bin hier, und allein das ist eine bemerkenswerte Sache. Wir gehören nicht in diesen Staat, aber wir kommen aus diesem Land, und darüber nachzudenken, macht mich ganz wirr im Kopf.

Als wir mit wunden Füßen in Tel Aviv ankommen, bringe ich Zeynep zur Bushaltestelle, damit sie in ihr Hostel fahren kann. Die Luft ist mild, aber es riecht nach Gewitter, und in der nächsten Sekunde fällt uns der Himmel auf den Kopf. Wir rennen unter ein Vordach, um nicht bis auf die Knochen nass zu werden, und da kommt eine alte israelische Dame angetrabt, der wir höflich Platz machen. Sie breitet einen gewaltigen Regenschirm aus und lädt uns mit einer Geste darunter ein. Die Frau (sie muss mindestens neunzig sein) muss gespürt haben, dass wir nicht von hier sind, denn sie spricht uns höflich auf Englisch an: *Where are you from?*

Zeynep antwortet: *Turkey*. Ich sage: *Germany*. Wir schweigen. Dann platzt es aus Zeynep heraus: *But in fact, we are Palestinians. Just to be honest.*

Palestinians, wiederholt die Frau nachdenklich. Dann streicht sie Zeynep sanft über den Arm. *Welcome home, darling*, sagt sie. *Welcome home.*

Erster Teil

Jaffa

Geschichten sind bedeutsam.
Sie halten uns am Leben, halten unsere Leben lebendig.
Wie es war, wie es sein wird.
Das ist die Arbeit, die ich tue:
Geschichten schaffen, die unsere Leben retten.

TONI CADE BAMBARA

Die Landschaft der Levante ist fast überall sanft. Ihre Maßstäbe sind klein, ihre Hügel weich, nicht bedrohlich. Sie kann sich nicht mit der Majestät anderer Landstriche des Nahen Ostens rühmen – den unendlichen Hochgebirgszügen des Irans oder der schrecklichen Schönheit der Rub al-Khali. Der wildeste Teil der Levante, und auch der schönste, ist das Libanongebirge, dessen südwestliche Ausläufer sich bis nach Galiläa hinunterziehen. Die Berge sind gedrungen und dicht bewaldet. Grüne Flüsse durchschneiden die Landschaft und rollen langsam und gemächlich die Abhänge hinunter, dem Mittelmeer entgegen, oder sie vereinigen sich zum Fluss Jordan, der in den See Genezareth fließt, nur um sich dann wieder zu verjüngen und im toten Meer zu versickern. Die Niederungen sind fruchtbar, und praktisch alles darin schlägt Wurzeln und sprießt. Wenn man durch diese

Gegend reist, fallen einem als Erstes die gedeckten Farben auf – ocker, zinnoberrot und zimtfarben sind die Hänge, staubig grün die Olivenbäume und der Salbei, der überall wächst, zur Freude der wilden Kaninchen. Das warme Wetter hält von März bis weit in den November hinein, sodass nahezu alles, was im Frühling begeistert und üppig aus der Erde schießt, am Ende des Sommers braun und brüchig ist, und just in dem Moment beginnen die Regenfälle, und alles beginnt von Neuem. Es ist das Gelobte Land.

Den Menschen, die es in Besitz nahmen, muss es wie das Paradies erschienen sein. Das tut es noch immer, denn nirgendwo sonst auf der Erde werden Konflikte um ein paar Brocken Brachland so leidenschaftlich und erbittert geführt wie hier. Es ist die Ironie der Geschichte, dass ein so schönes, liebliches Land seit Jahrtausenden ein einziges Schlachtfeld ist. Seine Bewohnerinnen und Bewohner – egal welcher Ethnie sie angehören – sind eigensinnig und hitzköpfig. Sie streiten gerne und laut. Und doch haben sie die Fähigkeit, selbst in der trockensten Wüste Wasser zu finden. Dann graben sie einen Brunnen und pflanzen Obstbäume, denn alle sind sie süchtig nach dem Duft von Zitronen.

Die Landschaft rund um das östliche Mittelmeer hat unzählige Dichter, Philosophen, Mystiker und Heiler hervorgebracht, aber sie produziert auch Fanatiker am laufenden Band. Vor allem aber treibt man Handel, baut Ölbäume an und hütet Schafe, schon seit Anbeginn der Zeit. Doch wie alle primitiven Kulturen wurde auch das ländliche Palästina im zwanzigsten Jahrhundert fast gänzlich ausgelöscht. Ein Merkmal jeder primitiven Kultur ist es, dass sie ihre Lebensweise, wenn überhaupt, nur mündlich weitergibt. Wenn etwas vom alten Palästina geblieben ist, dann sind es Reliquien, die es fast nie in Museen schaffen. Es ist ein Erbe, das sich kaum fassen lässt und auf anderen Wegen weitergegeben wird: durch eine energische Handbewegung, durch eine Redewendung, einen aufsässigen Blick – oder durch das, was eine Familie über sich selbst erzählt, und das, was sie verschweigt.

Ich wurde in diese Kultur zu spät und eigentlich kaum zur Hälfte hineingeboren, und alles, was mich daran bindet, ist ein langsam schrumpfendes Häufchen aus ältlichen Onkeln und Tanten und ein exponentiell wachsender Haufen Cousinen und Cousins, die in alle vier Himmelsrichtungen verstreut sind. Damit bin ich Teil einer Familie, die ich nur selten zu Gesicht bekomme, und Teil einer Kultur, die mir so vertraut ist wie ein Paar Schuhe, die man nur zu bestimmten Gelegenheiten trägt.

Simone de Beauvoir hat festgestellt, dass man nicht als Frau geboren wird, sondern dazu gemacht wird. Genauso verhält es sich mit kultureller Identität im Allgemeinen. Niemand weiß das besser als die Frauen der arabischen Welt.

Der Westen hat seit jeher versucht, die arabischen Frauen in Schablonen zu pressen: Je nach Lesart und Zeitgeist gelten sie als exotische Femme fatales mit kajalumrandeten Augen, die lasziv auf brokatüberzogenen Diwanen liegen und sich Baklava in den Mund gleiten lassen, gewissermaßen die verkörperte Sinnlichkeit von Tausendundeinernacht. Oder sie gelten als unterdrückte Opfer, die unter ihrem Schleier an Vitamin-D-Mangel leiden und denen es nicht erlaubt ist, ihren kleinen Spatzenhirnen ein wenig Bildung einzuflößen. Neuerdings kann sie auch Rebellin sein, oder Terroristin – ganz nach Belieben.

Nach allem, was ich weiß, waren unsere Großmütter keine unterdrückten Opfer, die man retten oder befreien musste, aber sie waren auch weit davon entfernt, ihre eigenen oder fremde Männer durch laszive Blicke geil zu machen. Stattdessen setzten sie sich einfach hin, nahmen ein Huhn aus, fädelten Bohnen, brieten Okraschoten und befahlen ihren Kindern, den Mund zu halten, damit sie plaudern konnten. Und wie sie plauderten. Schaue ich mir die arabischen Frauen meiner Familie an, dann müssen sie sich meistens über die Unfähigkeit der Männer im Allgemeinen und ihrer eigenen im Besonderen unterhalten haben: Mahmoud, der alte Esel. Er redet und redet, aber es kommt nichts dabei heraus. Gestern hat er mir wortreich versichert, dass er angeln gehen würde, damit es frischen Fisch zum Abendessen gibt. Natürlich hat er nichts gefangen, keinen einzigen winzigen Fisch. Das konnte er nicht zugeben, also ging er auf den Markt und hat eine ganze Tüte Makrelen gekauft und so getan, als hätte er sie selbst geangelt. Dachte, ich würde es nicht merken, typisch.

Ha, und mein Mann musste ganz früh aufstehen, um zur Arbeit zu gehen, noch vor Sonnenaufgang. Dann konnte er sein gutes Hemd nicht finden und brüllte so laut, dass ich dachte, das Haus würde einstürzen. Ich musste schließlich aufstehen und ihm sein zweitbestes Hemd bügeln.

So oder so ähnlich müssen sie abgelaufen sein, die Gespräche der palästinensischen Frauen irgendwann zwischen der Blütezeit des Osmanischen Reiches und dessen unrühmlichem Ende. So laufen sie noch heute ab. Schon immer waren die vertrauten Gespräche zwischen Frauen auch ein Akt der Selbstvergewisserung, der Rebellion. Ich erinnere mich, als ich meine Tante Fatma zum ersten Mal traf – ich kann nicht älter als fünfzehn gewesen sein, noch keine Frau, aber an der Schwelle dorthin. Fatma ist Zeyneps Mutter, die Frau meines Onkels Mahmoud, des ältesten Bruders meines Vaters, der es sich damals zur Aufgabe gemacht hatte, mir die Geschichte unserer Familie zu erzählen. Im Grunde ist es nämlich Tante Fatmas Schuld, dass ich so wenig über unsere Geschichte weiß. Mahmoud wollte also gerade anheben zu einem Monolog, den er immer mit denselben Worten einleitete: *Your family …*, tastete er sich in holprigem Englisch vor, *Your family, Palestine family. Palestine people, poor people. Your family, poor family*. Wir sollten nie über diese dramatische Einleitung hinwegkommen, denn so zuverlässig, wie die Standuhr im Wohnzimmer zwölf schlug, marschierte Tante Fatma heran, in der Hand einen Katalog mit Damenunterwäsche. *Halas* – Schluss mit den alten traurigen Geschichten, befahl sie und scheuchte Onkel Mahmoud mit einer unwirschen Handbewegung beiseite. Dann präsentierte sie mir den Katalog, als wäre es die Heilige Schrift. Mit bedeutungsvoll hochgezogenen Augenbrauen wendete sie eine Seite nach der anderen um und nötigte mir bewundernde Kommentare über die filigrane Schönheit von Spitzenbustiers und die Nützlichkeit von Strumpfhaltern ab.

Diesen Kampf konnte Onkel Mahmoud nicht gewinnen. Nach einigen vergeblichen Protesten gab er sich geschlagen und zog sich zurück, um die Uhren im Haus aufzuziehen.

Erst viel später wurde mir klar, um was es sich bei dieser kleinen Scharade eigentlich gehandelt hat: Es war ein Kampf zwischen der zwingenden Notwendigkeit der Gegenwart und dem Trauma der Vergangenheit.

Tante Fatma, ihres Zeichens Team Gegenwart, ging die Sache pragmatisch an: Lass die Vergangenheit ruhen. Das Brot für heute muss gebacken werden. Konzentriere dich auf das Jetzt. Hier, sieh mal, ein Wonderbra!

Mein Onkel Mahmoud hingegen, der das Trauma von Krieg, Hunger und Flucht am eigenen Leibe erlebt hat, wollte mich nicht ziehen lassen, ohne mir seine Geschichte zu erzählen. Die Vergangenheit hing ihm um den Hals wie ein Mühlstein, sie begleitete ihn auf Schritt und Tritt, ließ ihn nachts hochschrecken und schlaflos durchs Haus wandern. Weit nach Mitternacht konnte man ihn in der Küche antreffen, wo er sich via Satellitenfernsehen die Nachrichten aus den entlegensten Erdteilen ansah. Wenn in Südwestaustralien ein Buschflugzeug abstürzte, verkündete er die Nachricht am nächsten Tag beim Frühstückstisch mit der ernsten Miene eines Kriegsberichterstatters.

Doch den Erinnerungen an seine Kindheit konnte er nicht entkommen. Sie verfolgten ihn in seinen Träumen, und weil niemand zuhörte, griff er schließlich zu Papier und Stift und schrieb sie auf.

Und nun tue ich dasselbe. Mit unseren Geschichten ist es ein wenig wie mit den russischen Matrjoschka-Puppen: Man öffnet eine und findet eine weitere und dann noch eine und noch eine.

Darüber zu schreiben bewirkt, dass ich Heimweh bekomme, aber mit Heimweh ist es so eine Sache: Für dieses Gefühl braucht man einen Ort, nach dem man Sehnsucht haben kann, und genau hier liegt das Problem.

Vielleicht ist mein Heimweh-Ort ein Hinterhof in Jaffa,

am südlichen Ende des Ajami-Viertels, in dem ein Tamariskenbaum rosafarben blüht und ein paar alte Autowracks Rost ansetzen. Möglicherweise stand hier einst das Haus meiner Großeltern, in dem mein Onkel Mahmoud die ersten Jahre seines Lebens glücklich war. Vielleicht aber auch nicht. Wie so vieles, ist auch dieser Ort nur ein Gespinst meines suchenden Hirns.

Also schreibe ich darüber. Ich schreibe, weil ich nichts anderes kann. Geschichten erzählen hat mein Leben gerettet. Vielleicht liegt das Geschichtenerzählen mir im Blut, ich weiß es nicht. Jedenfalls ist es mein Beruf: Ich stehe vor einer Klasse voller Studierender und erzähle ihnen Geschichten darüber, wie man Geschichten erzählt. Ich schreibe Romane und lese sie dann schwitzend und nervös einem Publikum vor. Ich klopfe an die Tür von Schulen und Parlamenten und bitte darum, dass man mir erlaubt zu erzählen, wie Geschichten erzählen Frieden schaffen kann.

Also schreibe ich. Ich weiß nicht viel über die Vergangenheit meiner Familie, doch das wenige, was ich weiß, schreibe ich auf. Den Rest dichte ich dazu, denn das ist ein gottgegebenes Recht, das allen Schriftstellerinnen und Schriftstellern zusteht. Schließlich sind wir bekannt dafür, dass man uns nichts glauben darf. Das hier ist also nicht die wirkliche Geschichte meiner Familie, aber es könnte so gewesen sein. Oder auch nicht. Vielleicht aber ist es die Geschichte vieler Familien, denn alle Familien und alle Tragödien ähneln sich. Wie auch immer, es ist eine Geschichte.

***

Vielleicht hätten meine Großeltern in Jaffa bleiben sollen, dort, wo sie hingehörten. Dann hätten sie alle wenigstens die israelische Staatsbürgerschaft bekommen, was für Araber zwar schlimm ist, aber immer noch besser, als gar keine zu haben. Stattdessen bestieg meine Großmutter das Flüchtlingsboot, zusammen mit meinem Onkel Mahmoud, der damals gerade vier Jahre alt war, meinem Onkel Ibrahim, der zwei war, und meinem Onkel Ismael, der noch ein Baby war. Im Gedränge an Deck ließ sie das Baby fallen, und es stürzte über die Reling ins Wasser. Es wäre ertrunken und gestorben, hätte nicht ein britischer Soldat einen geistesgegenwärtigen Kopfsprung ins Hafenbecken gemacht, was ihm die lebenslange Dankbarkeit meiner Großmutter einbrachte. Mein Onkel Ismael ist einige Jahre später trotzdem im Meer ertrunken, als er bei Gewitter schwimmen ging. Merkwürdig, wie das manchmal so kommt.

Das alles wäre vielleicht nicht passiert, wenn meine Großeltern nicht aus Palästina geflohen, sondern geblieben wären. Dann hätten sie sich auch den Krieg im Libanon erspart, in dem mein Onkel Rashid erschossen wurde. Womöglich hätte dann auch das Baby Mohammad Nummer eins überlebt. Aber dann hätte mein Vater, Mohammad Nummer zwei, keine UNO-Schule für Flüchtlingskinder besucht, in der er so viele gute Noten bekam, dass sie ihm in Deutschland ein Stipendium gaben. Ohne all das Elend wäre er womöglich gar nicht erst nach Deutschland gekommen, und dann würde es mich nicht geben, was – bei aller Objektivität – wirklich schade wäre.

Vielleicht ist es also doch gut, dass meine Großeltern 1948 aus Jaffa geflohen sind und dass meine Großmutter das Schiff bestieg, womit eine jahrelange Irrfahrt begann, bei der selbst Odysseus vor Schreck der Mund offen stehen geblieben wäre.

Im Grunde ist die Geschichte meiner Großeltern gar nicht so ungewöhnlich, sie ist bloß traurig, aber das sind die meisten palästinensischen Geschichten. Eigentlich gehen sie immer gleich: der Krieg, die Vertreibung, die Flucht. Und danach: das Leben als Geflüchtete und die bittere Armut; die stolzen Väter und die gebrochenen Mütter. Noch mehr Krieg. Und natürlich: die Israelis und die schrecklichen Dinge, die sie uns seit achtundvierzig angetan haben. Darüber sprachen sie niemals. Darüber reden nützte ja nichts.

In der Hauptsache waren alle arm, vor allem in der Diaspora. Von März bis Oktober stand die Hitze in den Gassen von Beirut, ballte sich heiß und drückend an Hausecken und über Abfallhaufen zusammen, um die letzten Sauerstoffmoleküle aus der Luft zu saugen, bis einem das Denken so schwerfiel wie das Atmen.

Im Winter hingegen verwandelte der Regen die Gassen in einen klammen, unwirtlichen Morast, in dem sich die von Feuchtigkeit vollgesogenen Mauern seufzend aneinanderlehnten und Schimmelsporen sich in den ungeheizten Häusern vermehrten. Aus der spärlich funktionierenden Kanalisation stieg Dampf auf, der die Pferde scheu machte und bei den Ärmsten der Armen einen rasselnden Husten verursachte. Doch das war vor dem Krieg, als Beirut bei den Reichen und Schönen noch als heißer Tipp und als Paris des Nahen Ostens gehandelt wurde. Meine Großmutter bekam von all der Pracht und Herrlichkeit nicht viel mit, und wenn doch, dann hätte es sie vermutlich nicht sehr interessiert, denn sie hatte gerade meinen Vater zur Welt gebracht, Mohammad Nummer zwei, draußen in einer zugigen Ruine vor den Toren der Stadt, im Oktober, als die Regenzeit einsetzte.

Meine Großmutter, Sabiha Kenana*, wurde 1925 in Jaffa geboren, im Ajami-Viertel, und wie ihre Eltern und Großeltern wuchs sie mit dem Duft von Orangenbäumen und dem Meer auf. Sabiha war eine Schönheit, und die jungen Männer müssen sich um sie gerissen haben, doch am Ende entschied sie sich für meinen Großvater, Ahmed Osman, fünfundzwanzig Jahre älter als sie, der vermutlich den ganzen Weg von Jerusalem, wo er geboren wurde, nach Jaffa rannte, um Sabiha zur Frau zu nehmen.

Mein Großvater Ahmed wurde mitten in den Untergang des Osmanischen Reiches hineingeboren, und danach kamen gleich die Briten. Für meine Großmutter Sabiha fing das Elend bereits vor ihrer Geburt an: Der erste Mai des Jahres 1921 war ein sonniger, heißer Tag in Jaffa und wie gemacht für eine ordentliche Keilerei. Zunächst prügelten sich die jüdischen Kommunisten mit den jüdischen Sozialisten, die, allesamt rote Fahnen schwenkend, den Kommunismus beziehungsweise den Sozialismus im Mandatsgebiet Paläs-

---

* Der Name Kenana bedeutet »aus dem Land Kanaan stammend«, so hat man es mir jedenfalls gesagt, und tatsächlich galt die Familie Kenana in den 20er-Jahren als eine der ältesten arabischen Familien der Stadt. Nun ist Kenan laut dem alten Testament aber auch der Name des Urenkels von Adam und Eva, was zum einen auf eine jüdische Ahnenschaft meiner Großmutter hindeuten könnte und zum anderen eine Art selbsterfüllende Prophezeiung darstellt, denn im Hebräischen bedeutet der Name Kenan nichts anderes als »Leid«.

tina ausrufen wollten. Sie hieben mit ihren Schildern und Fahnen aufeinander ein und hielten erst inne, als die Polizei eintraf. Verwundert ob des Lärms, eilten einige Araber der umliegenden Viertel herbei und fielen, Äxte und Knüppel schwenkend, begeistert in die Gewaltorgie mit ein, denn nach allgemeiner Auffassung waren die jüdischen Einwanderer ohnehin Fremdlinge und Störenfriede, die in ihrem Land nichts verloren hatten. Binnen weniger Tage hatte sich die halbe Stadt in den Haaren, und jedermann mordete aufs Geratewohl drauflos, bis sich nach einer Woche die britische Armee bequemte, dem Irrsinn ein Ende zu setzen, doch damit begannen die Schwierigkeiten erst richtig. Die Gewalt hatte die jüdische Bevölkerung derart in Angst und Schrecken versetzt, dass viele von ihnen das Städtchen Jaffa in Richtung der neu gegründeten Stadt Tel Aviv verließen, andere dagegen schworen blutige Rache.

Als vier Jahre später Sabiha geboren wurde, hatten sich die Bewohner der Stadt bereits bis an die Zähne mit alten Musketen, Mistgabeln und Knüppeln bewaffnet. *Bismillah!*, riefen die Eltern meiner Großmutter aus und verrammelten alle Fenster und Türen. *Allah* beschütze uns, und, großer Gott, warum haben wir eigentlich keine Axt?

Die kleine Sabiha lag derweil in ihrer Wiege, ein wunderschönes Mädchen mit schwarzen Haaren und traurigen dunklen Augen.

Die Männer trugen Fez, die Frauen trugen bodenlange bestickte Kleider, und keiner scherte sich um religiöse oder ethnische Zugehörigkeiten, denn arm waren sie alle gleichermaßen. Man bestaunte die britischen Truppen mit ihren wunderlichen Automobilen, die die Pferde scheu machten und überall stinkende Rußwolken hinterließen. Man machte sich über den britischen Hochkommissar für das Mandatsgebiet Palästina, Herbert Samuel, lustig, der stets in einem blütenweißen Anzug mit passendem Tropenhelm in Erscheinung trat, doch die Menschen spürten, dass die Dinge begannen, sich zu verändern. Die Muslime des Landes waren verblüfft: Bisher war es eine ausgemachte Sache, dass der Großmufti von Jerusalem das Sagen im Land hatte, und plötzlich war es dieser jüdische Engländer, der den Mufti ernannte, und der entschied sich für Al-Hosseini, aus unerfindlichen Gründen. Der neue Mufti Mohammad Amin Al-Hosseini war ein phlegmatisch aussehender Mann mit Segelohren und einem fanatischen Glitzern in den Augen, doch wohin all das führen sollte, konnte damals niemand ahnen.

Dort, wo meine Großmutter aufwuchs, in den Hinterhöfen des Ajami-Viertels, war von der großen Politik jedenfalls nicht viel zu spüren. Auf alten Bildern aus jener Zeit sieht man Kinder am Strand von Jaffa spielen. Sie schaukeln an großen Holzgerüsten, und im Hintergrund bieten Händler ihre Waren feil. Vielleicht war meine Großmutter unter ihnen, ein kleines Mädchen mit Zöpfen und ohne Schuhe.

In der Nachbarschaft gab es die Tabeetha-Schule, eine katholische Mädchenschule, die jedoch für alle Religionen offen war. Die Schule genoss einen guten Ruf und war von hohen Palmen und Platanen umstanden, aber Sabiha ging nicht hin, weil ihr Vater sagte, Lesen und Schreiben sind völlig überbewertete Fähigkeiten und für ein Mädchen sowieso nutzlos. Du bist schön und wirst bald heiraten, also warum zerbrechen wir uns überhaupt den Kopf darüber, das Schulgeld können wir uns ohnehin nicht leisten, am besten heiratest du also einen reichen Kaufmann. Sabiha war einverstanden.

Vielleicht lag es daran, dass er ein stattlicher Mann war und als Schneider arbeitete, womöglich zog Sabiha auch die Tatsache an, dass sie beide am selben Tag Geburtstag hatten, nämlich am ersten Tag des siebten Monats – jedenfalls hielt Ahmed Osman erfolgreich um Sabiha Kenanas Hand an. Sie, gerade achtzehn Jahre alt und blühend wie eine Damaszenerrose, und er, zweiundvierzig und des Junggesellendaseins müde, gaben ein merkwürdiges Paar ab, doch Sabiha war zufrieden und begnügte sich mit der Aussicht auf viele schöne Kleider und ein gemütliches Heim.

Sabihas Aussteuer war bescheiden, aber ihre Schönheit machte die geringe Menge an Schmuck und Kleidern wieder wett. Sabiha bestand auf einem weißen Hochzeitskleid mit viel Spitze, der aktuellen europäischen Mode folgend. Vor der Hochzeit wurde sie geschmückt wie ein Zirkuspferd. Mit *Halwa* wurde jedes ihrer Haare am Körper mit der Wurzel ausgerissen, bis Sabiha schrie wie am Spieß, und ihre Mutter und ihre Schwestern lachten und sagten, so ist das eben mit der Ehe. Ihr Körper wurde geschrubbt und geölt, und am Ende kam auch noch eine recht ansehnliche Sammlung an Goldarmreifen und Ketten zusammen, sodass sie in ihrem weißen Kleid und ihren prachtvollen dunklen Haaren aussah wie eine Prinzessin. Sie bekam einen riesigen Strauß weißer Jasminblüten in die Hand gedrückt und einen langen Schleier über den Kopf gestülpt. Du bist bald Ehefrau, also benimm dich auch so, zischte ihre Schwester ihr zu, und ihre Mutter stimmte die *Zaghruta* an, und die Männer schlugen Zimbeln und Trommeln.

***

Sabiha und Ahmed heiraten rechtzeitig zum Beginn des neuen Jahres, und Ahmed eröffnet ein Kino. Irgendwo hat er eine Ladung Stummfilme aufgetrieben, und das neue Kino ist ein voller Erfolg. Sabiha ist irritiert von dem kleinen Mann mit der Melone und dem Schnurrbart, der über die Leinwand torkelt. Sie möchte wissen, warum die Leute gutes Geld bezahlen, um sich einen Idioten anzusehen, der unter keiner Leiter hindurchgehen kann, ohne zu stolpern und dabei die Leiter und alle Beteiligten gleich mit ins Verderben zu reißen. Ahmed sagt, du hast wahrlich keine Ahnung vom Filmbusiness, meine Liebe, der tollpatschige Mann ist der beste Schauspieler seiner Generation. Sabiha erwidert, es sei ihr unbegreiflich, wie jemand, der derart ungeschickt ist, Schauspieler werden kann, und sie wünsche sich nur, dass Ahmed endlich zur Vernunft käme, die Idee mit dem Kino aus dem Kopf aufgäbe und wieder als Schneider arbeite.

Ahmed schlägt sich an die Stirn, dass der Fez wackelt, und murmelt, Frauen hätten wahrlich ein Spatzenhirn, und Sabiha schmollt.

Ahmeds Gehilfe, der das Eintrittsgeld kassiert, sagt, der kleine tollpatschige Mann sei in Wahrheit Adolf Hitler, und am Ende würde man die Juden schon noch kleinkriegen, und Ahmed sagt, er soll den Mund halten.

Sabiha hat eine weitverzweigte Verwandtschaft, und ihre

älteren Schwestern Mahdeya und Suleika finden Ahmeds Idee mit dem Kino schwachsinnig. Ahmed hingegen denkt gar nicht daran, sein Kino aufzugeben, ebenso wenig wie er sich auch nur einen Deut um die Meinung seiner Schwägerinnen schert. Stattdessen zeigt er Filme mit Marlene Dietrich und Ingrid Bergman, während seine junge Ehefrau zu Hause sitzt und Oliven einmacht.

Als Ahmed die ersten Wocheneinnahmen nach Hause bringt, ist sie entzückt, weil sie hoch erhobenen Hauptes zu ihren Schwestern gehen und sagen kann, seht ihr, wie ich frische Orangen und Datteln gekauft habe und wie ich den Lebensmittelhändler bezahlt habe, ohne anzuschreiben, und wie ich einen schönen Reispudding kochen werde mit Pistazien und Zimt! Sie kann stolz ihre Einkäufe nach Hause tragen, denn es gibt nichts Schlimmeres, als jemandem Geld zu schulden. Sie putzt die Küche, wischt Staub und wäscht Ahmeds weiße Hemden und seine *Galabiya* und hängt alles auf die Wäscheleine, die über die Straße bis zum Nachbarhaus gespannt ist. Seht ihr Nachbarn, wie weiß meine Laken sind, wie weiß die Hemden meines Mannes und wie sauber der Überwurf, den ich selbst zu meiner Hochzeit bestickt habe? Seht ihr, wie mein Mann morgens aus dem Haus geht und *Filmbisnis* macht? Er kauft mir Baklava und süßes *Knefe,* und wir gehen am Strand spazieren, wenn die Sonne untergeht.

Nachmittags besucht Sabiha manchmal ihren Mann im Kino und setzt sich in die letzte Reihe des dunklen Vorführungsraums, besonders an Tagen, an denen romantische Filme gezeigt werden. Wenn ein trauriger Film mit Shirley Temple läuft, kann man sie hinten in der Dunkelheit in ihr besticktes Taschentuch schnauben hören.

Im August ist es im ganzen Land so heiß, dass jeder, der kann, sich in dunkle Ecken verkriecht und für ein rasches Ende des Sommers betet. Das Kino ist zu jeder Vorstellung gerappelt voll, weil die Leute, nur um nicht nach draußen gehen zu müssen, sich die Filme gleich zweimal hintereinander ansehen. Ahmed zeigt Hollywoodstreifen mit Greta Garbo, Joan Crawford und Colette Colbert, aber am meisten ist er von Carole Lombard angetan. Diese Kurven, rufen die halbwüchsigen Jungs in der ersten Reihe, wenn die Leinwandgöttinnen kokett die Augen niederschlagen, und Ahmed muss mit einem Stock kommen und die Störenfriede hinauswerfen.

Sabiha hingegen schwärmt für Cary Grant. *None But the Lonely Heart* sieht sie sich gleich sieben Mal an, und danach frisiert sie sich die Haare wie June Duprez.

Sabihas älteste Schwester Mahdeya hält das Kino für einen Sündenpfuhl im Allgemeinen und für ein Verderbnis der öffentlichen Moral im Besonderen und wird nicht müde, ihre Meinung kundzutun: Wir wissen nicht mal, ob der Prophet (Friede seiner Seele) mit so einem Filmbisnis einverstanden gewesen wäre, und wenn du mich fragst, ist das Ganze eindeutig *haram*.

Sabiha hält tapfer dagegen: Ist ja nicht meine Schuld, dass es so schöne Filme gibt, sagt sie.

Halt mal den Mund und hör mir zu, sagt Mahdeya eindringlich. Du warst schon immer ein wunderliches, stures Kind, und das liegt sicher daran, dass du als Kleinkind mal auf den Kopf geknallt bist. Du gehst nicht mehr in das Kino, hast du verstanden? Nie mehr. Hörst du mir überhaupt zu?

Aiwa, Mahdeya, ich höre.

Halas, nun lass sie zufrieden, Mahdeya, sagt Ahmed. Von dem ewigen Gezanke fallen einem ja die Haare aus.

Meine Schwester ist noch keine zwei Monate verheiratet, sagt Mahdeya, da schickst du sie schon ins Verderben mit deinem Filmbisnis und deinen Geschäften mit den Briten. Wir legen Wert auf Moral in unserer Familie, das ist nicht so wie in Europa, wo es vor Ungläubigen nur so wimmelt.

Sabiha sagt, sie würde lieber nach Amerika gehen, wo es von Filmstars nur so wimmelt, und Ahmed wirft Mahdeya aus dem Haus.

Das hält ja niemand im Kopf aus, dieses Weib mit ihrem Gekeife, sagt er und zündet sich die *Nargileh* an. Sabiha findet, sie hat den besten Ehemann auf der Welt.

Im Nachbarhaus wohnt eine jüdische Familie, die neu im Land ist. Wenn die Sonne scheint, bringt Frau Jankowitsch ihre Wäsche raus und hängt sie auf die Leine, und Sabiha tut dasselbe mit ihrer. Schönes Wetter heute, nicht wahr? ruft Frau Jankowitsch herüber, und Sabiha macht eine höfliche Bemerkung über das Wetter. Frau Jankowitsch lacht und sagt, es ginge doch nichts über den schönen Duft von Wäsche, die in der Sonne getrocknet ist, und Sabiha sagt, sie hoffe nur, dass keine Möwe auf die weißen Laken kackt, denn das sei schwer wieder rauszukriegen. Keine der beiden Frauen hat auch nur den leisesten Schimmer, was die andere sagt, und so geht es eine Weile, bis Sabiha sich verabschiedet, weil sie noch Bohnen fädeln muss und Frau Jankowitsch von ihren Söhnen ins Haus gerufen wird.

Sabiha sagt zu Ahmed, die Juden wüssten – neben vielem anderen – wirklich nicht, wie man ein Hemd richtig aufhängt, nämlich mit dem Saum nach oben, und Mimi Jankowitsch erklärt ihrem Mann, die Araber seien ja wahrlich ein recht unzivilisiertes und primitives Volk, aber es gäbe doch freundliche Leutchen unter ihnen.

Ahmed sagt, die Zionisten kontrollierten mittlerweile jedes Unternehmen im Land, das nur halbwegs von Bedeutung sei, und wenn wir uns nicht vorsehen, dann übernehmen sie alles, bis es uns so richtig dreckig geht, Allah steh uns bei. Drüben im Nachbarhaus streicht sich Herr Jankowitsch über den Bart und erklärt seiner Frau, wir können froh sein, dass wir den *Goyim* und dem ganzen Schlamassel vor zehn Jahren entkommen sind, die Deutschen hätten uns umgebracht. Daraufhin bricht Mimi Jankowitsch in Tränen aus und sagt, *Oh vey*, Gott sei Dank, dass wir in Palästina sind und nicht tot, und Herr Jankowitsch sagt, na na, ist ja gut, ist ja gut.

Wenn die Arbeit getan ist, geht Sabiha nach draußen in den Hof. Sie sitzt auf einer Bank, strickt und unterhält sich mit Frau Jankowitsch. Sie erzählt ihr Geschichten über die Leute aus der Nachbarschaft, und Frau Jankowitsch hört aufmerksam zu und erzählt Sabiha dann Geschichten über Polen, und es macht ihnen überhaupt nichts aus, dass sie nicht wissen, was die andere sagt. Draußen auf der Straße fahren britische Soldaten mit ihrem Jeep vorbei, im Radio singt Bing Crosby, und der Wind trägt den Duft reifer Orangen in den Hof.

Herr Jankowitsch und Ahmed kommen von der Arbeit nach Hause und nicken einander höflich zu. Bei Jankowitschs gibt es Kartoffeln und rote Bete, bei Osmans gibt es Reis mit Huhn und Okraschoten, Hummus, schwarze Oliven, in Öl gebratene Auberginen und dazu einen Salat aus Petersilie, Minze, Tomaten und Weizenschrot, aber Sabiha kann nichts essen, weil ihr jeden Tag übel ist.

Oh vey, Sie sind guter Hoffnung, stellt Frau Jankowitsch fest, als Sabiha kaum noch aus dem Haus kommt, weil sie sich jeden Morgen übergibt. Sie fühlt sich elend, und das kann nicht nur an der morgendlichen Übelkeit liegen, sondern muss, wie Ahmed feststellt, an der Gesamtsituation liegen. Die Gesamtsituation ist unbefriedigend, und das liegt zu gleichen Teilen an den verdammten Briten und den verdammten Zionisten.

Auch die Briten sind nicht glücklich. Nachdem Montgomery einige Monate zuvor die Deutschen und ihren Befehlshaber Rommel in Afrika eingekesselt hatte, waren die Engländer für eine ganze Weile in Hochstimmung, was ihre Frustration über die unbefriedigende Gesamtsituation ein wenig milderte, doch es war nicht zu leugnen, dass sowohl die Araber als auch die Juden – aus ganz unterschiedlichen Gründen – die Nase gestrichen voll hatten. Täglich kommen neue Nachrichten: Der amerikanische Kongress fordert einen Judenstaat in Palästina. Die Araber sind natürlich empört. Die Briten versuchen hilflos zu vermitteln, und scheitern. Die Juden Palästinas sind verzweifelt und zornig. Die Juden Europas sind meistens tot. Der Krieg nimmt und nimmt kein Ende.

Sabiha liegt im Bett und zieht sich, trotz der Hitze, die Decke bis über die Schultern. Ständig ist sie müde. Das Kind in ihrem Leib ist groß und drückt gegen ihren Magen. Sie stöhnt und bittet um Wasser. Frau Jankowitsch kommt und kühlt ihr mit einem feuchten Tuch die Stirn. Nu, nu, sagt sie, nu, nu. Wird schon gut gehen.

Ahmed ist weiß wie die Wand, als Sabihas Stöhnen in Schreien übergeht. Nu, sagt Frau Jankowitsch, ach, so ein Schlamassel. Vielleicht besser doch den Doktor holen gehen.

Sabihas Schwestern kommen. Der Doktor kommt. Sabiha schreit, und der Schrei hängt in der diesigen Luft noch lange nach, und Sabiha, heiser vom Schreien, wimmert nur noch. Ahmed betet. Frau Jankowitsch betet. Sabihas Schwester Mahdeya macht Ts und sagt, ihre Erstgeburt verlief ganz problemlos. Der Doktor sagt, haltet alle den Mund, das Kind ist da.

Sie nennen den Jungen Mahmoud und können sich nicht sattsehen an ihm. Immer wieder betrachtet Sabiha entzückt seine kleinen Hände mit den winzigen Fingernägeln, seine dichten langen Wimpern, seinen schwarzen Haarschopf und seine großen braunen Augen, die verwirrt in die Welt blicken, in die er so unsanft ausgespuckt wurde. Wenn Sabiha ihren Kinderwagen durch die Gassen von Jaffa schiebt, sehen die Männer und Frauen sie respektvoll an und sagen, *Umm Mahmoud*, was für einen Prachtjungen du da hast, er kommt ganz nach seinem Vater.

Ahmed schenkt seiner jungen Frau zur Feier des Tages ein Goldarmband und lädt alle Nachbarn in der Straße zu einem Fest ein. Alle stehen um die Wiege herum und sagen, *Abu Mahmoud*, was für einen kräftigen Jungen du hast, *Umm Mahmoud*, was für ein schöner Sohn.

Selbst Sabihas Schwestern müssen zugeben, dass der Junge sehr kräftig und gut geraten ist. Das liegt in der Familie, sagt

Suleika, vor allem die schönen Wimpern. Mahdeya sagt, er hat einen recht dicken Kopf, ein bisschen kommt er schon nach seinem Vater, nicht wahr?

Wenn Ahmed von der Arbeit nach Hause kommt, hebt er Mahmoud aus seiner Wiege und singt ihm was vor:

Asabh Al Jamal Kalbi,
Endama ekhtar al Rahil.
Kultu Ya Jamal Sabra,
Kal kull Sabri Aaela.
Kultu Ya Jamal Kasdak,
Kal Sahraa Al Janoob.
Kultu masa Damh Humlukh,
kal Aulk wa Tuyub.
Kultu ma Daauk kul lie,
kal schauk llhabib.
Kultu hal zurta Tabiban,
kal tasaien Tabib.
Kultu Ya Jamal khuznie,
kal humlie sakielan.
Kultu Ya Jamal amschie,
kal la Darbie tawiel.
Kultu amschie alfa Aam khalf Aaenak ausafer.
Kal Ya Taer Al Hamam hanzal aiesch muhager.
Asabh Al Jamal Kalbi,
Endama ekhtar al Rahil.
Kul ma khalaf Damaan, fauka Khadi yasiel

Oh Kameltreiber nimm mich mit dir
meine Last ist zu schwer

Ich werden laufen
Mein Weg ist lang
Ich würde tausend Jahre für deine Augen wandern
Oh Täubchen, für jemanden, der sein Land verlässt
Ist das Leben ein bitterer Apfel

Das Lied vom Kameltreiber ist Sabihas Lieblingslied, und immer wenn ihr Mann es singt, lässt sie alles stehen und liegen und hört ihm zu. Abu Mahmoud spaziert mit seinem Sohn in der Wohnung herum und erklärt ihm, wie man groß und stark wird, und abends nimmt er ihn mit hinaus auf die Straße und zeigt ihm die Sterne. Der kleine Mahmoud streckt die Hände aus und lächelt.

Der Sommer ist angebrochen, und Ahmed hat ein Haus gekauft. Endlich können sie aus der stickigen Wohnung ausziehen, wo der Kloakendunst der engen Gassen in der Luft hängt und wo man sich nicht umdrehen kann, ohne mit dem Kopf irgendwo anzuschlagen. Das neue Haus hat vier Zimmer und einen Garten, in dem Orangenbäume wachsen, und der Duft macht Sabiha so benommen, dass sie sich hinsetzen muss. Ich hätte nicht gedacht, dass wir einmal ein so schönes Haus haben würden, und sieh dir nur die hohen Decken an. Sieh dir die schönen Fußböden an! Und ein nagelneuer Gasherd! Es ist ein Segen, einen tüchtigen Ehemann und einen kleinen Jungen zu haben. Ist das Leben nicht schön?

Ja, das ist es.

***

Der Krieg ist zu Ende, und die Briten, die nun damit beschäftigt sind, Europa wieder aufzuräumen, haben es schließlich aufgegeben, Ordnung in das Chaos in Palästina zu bringen. Ab jetzt kümmert sich eine neue Organisation namens UNO um das Land, in dem es täglich voller wird. Uuuuuno, sagt Sabiha. Ts, was soll uns das bringen?

UNO ist in aller Munde. Die Männer in den Cafés debattieren darüber. Die Männer am Hafen sprechen darüber. Die Männer in den Werkstätten und die fliegenden Händler sprechen darüber. Was soll nun werden?

Frau Jankowitsch ist zusammengebrochen. Niemand aus ihrer Familie hat den Krieg überlebt, und nun möchte sie ebenfalls sterben. Sie liegt im Bett und starrt die Wand an.

Was ist mit ihrer Familie passiert, fragt sich Sabiha. Vergast, sagt Herr Jankowitsch zu sich selbst. Vergast, vergast, vergast. Er sagt es wieder und wieder, bis das Wort in Weinen übergeht, und dann lässt sich Herr Jankowitsch auf das Bett fallen und krümmt sich zusammen wie ein Kind. Sabiha hat nie zuvor einen Mann weinen sehen. Herr Jankowitsch hat die Fäuste geballt und schlägt sich damit gegen die Schläfen, während Tränen aus seinen Augen strömen. Mimi Jankowitsch rührt sich nicht. Sie liegt nur da und ist weiß wie ein Laken.

Bismillah, sagt Sabiha. Wie soll es nur weitergehen?

Ahmed sagt, wer anständige Leute wie die Familie der Jankowitschs umbringt, der sei ein Schuft. Wir sollten für sie beten, sagt er.

Hitler ist ein Idiot, sagt Mahdeya, wer schießt sich denn freiwillig eine Kugel in den Kopf?

Jetzt kommen noch mehr Juden, sagen die Männer in

den Cafés. Die kommen alle aus Russland und Polen und Deutschland, und wer weiß, welche Krankheiten die mitbringen? Es ist doch immer dasselbe mit den Ausländern. Erst kommen die Reichen und kaufen alles auf, und dann kommen die Armen in Scharen und nehmen uns auch noch den Rest weg. Was können wir denn für den Krieg? Ja, was können wir denn für den Krieg? Gar nichts. Genau. Gar nichts.

Die Jankowitschs sind fortgezogen, nach Tel Aviv. Die Zeiten sind schlecht, denn die Leute haben kein Geld mehr, um ins Kino zu gehen. Sabiha muss wieder anschreiben lassen, und abends sitzen sie im Dunkeln, um Petroleum zu sparen. Na ja, was will man von einem Mann aus dem Filmbisnis auch erwarten, sagt Mahdeya und klopft dem kleinen Mahmoud mit den Fingerknöcheln auf den Kopf. Guck nur, aus dem hier wird auch mal so ein Träumer. Mit Holzwolle im Kopf wird man nicht reich, Sabiha, lass dir das gesagt sein.

Hör auf, auf mein Kind zu klopfen, sagt Sabiha.

Mahdeya stopft sich den Mund mit Sonnenblumenkernen voll und redet ohne Unterlass. Wegen mir hätte der Krieg noch länger gehen können, dann wäre uns diese Masse an Ausländern erspart geblieben. Wo man hinsieht, Juden, die die guten Sitten verfallen lassen. Es ist ein Trauerspiel.

Da hast du recht, Mahdeya.

Hör bloß auf mich, Sabiha, das wird noch Probleme geben. Dein Mann findet besser schnell eine Arbeit, sonst wird es euch schlecht ergehen, wo du ohnehin schon wieder einen dicken Bauch hast. Er muss sich Arbeit suchen.

Das stimmt, Mahdeya.

Im Mai wird das zweite Kind geboren. Sie nennen den Jungen Ibrahim, weil Ibrahim der Stammvater von Arabern und Juden war, und Ahmed sagt, das sei ganz passend, angesichts der schlimmen Lage, die nur dazu führen könne, dass sich beide Seiten über kurz oder lang gegenseitig an die Gurgel gehen, Bismillah – Gott steh uns bei.

Sabiha sagt, es sei ihr einerlei, wie der Junge heißt, solange nur genug Geld hereinkomme, um Essen für ihn und seinen Bruder Mahmoud auf den Tisch zu bringen.

Ich kann nicht zaubern, Frau, sagt Ahmed.

Mahmoud ist mit seinem Bruder Ibrahim draußen. Er ist vier, Ibrahim ist noch nicht ganz zwei. Mahmoud hat ein kleines Holzpferd auf Rädern, das er an einer Schnur hinter sich herziehen kann. Er zieht es durch den ganzen Hof und macht wiehernde Geräusche.

Ibrahim trottet hinterher, denn er möchte das Pferd haben. Er grapscht danach, Mahmoud zieht es zurück. Ibrahim schreit. Mahmoud schubst ihn. Ibrahim fällt um und heult.

O Gott. Er blutet. Das ist was Schlimmes. Mutter wird bestimmt schreien.

Und schon kommt sie angerannt, mit fliegenden Röcken und wehendem Kopftuch, und sie ist zornig. Sie schreit, Mahmoud, was hast du mit dem Kind gemacht? Was hast du deinem Bruder angetan?

Mahmoud weiß nicht, was er gemacht hat.

Sie packt ihn am Kragen, schubst ihn vor sich her. *Yalla*, geh hinein, geh hinein. Du hast deinen Bruder verletzt, und jetzt blutet er.

Sie hebt Ibrahim auf und eilt davon.

Die Nachbarn glotzen aus den Fenstern. Abu Walid, der Fleischhändler, nickt Mahmoud beruhigend zu. Abu Walid hat Blut auf seiner Schürze, und Blut rinnt aus dem Verschlag hinter seinem Laden, wo er die Schafe für das Opferfest schlachtet. Es sieht genauso aus wie das Blut, das aus Ibrahims Kopf geflossen ist.

Abu Walid, sagt Mahmoud, bei Ibrahim kam Blut aus dem Kopf.

Ja, das sah ganz danach aus, kleiner Mahmoud.

Aus dem Schaf da kommt auch so ein Blut.

Ja, das Schaf blutet auch.

Haben alle dasselbe Blut?

Alle.

Mahmoud würde gern wissen, ob sein Bruder jetzt stirbt, aber er traut sich nicht zu fragen, weil die Erwachsenen sonst sagen, du bist schuld, du hast ihn umgebracht.

Mahmoud wandert im Haus umher, sein Vater ist arbeiten, und die Mutter ist mit Ibrahim beim Arzt. Er hätte gern jemanden, der ihn tröstet, aber es ist niemand da, und zu Tante Mahdeya mag er nicht gehen. Er setzt sich auf die Stufen vor dem Haus und legt den Kopf auf die Arme. Als Sabiha ihn wach rüttelt, ist es schon fast dunkel.

Wach auf, Mahmoud, es wird geschossen.

Geschossen? Wer schießt?

Weiß ich doch nicht, geh rein, geh ins hintere Zimmer.

Sein Vater kommt und hastet ins Hinterzimmer, um den schweren Schrank vor das Fenster zu schieben.

Geh da weg, Mahmoud, geh ins andere Zimmer.

Im Schlafzimmer liegt Ibrahim in seinem Bettchen. Er hat

die Augen zu. Mahmoud stupst ihn mit dem Zeigefinger an. Er bewegt sich nicht. An seiner Stirn ist kein Blut mehr, aber draußen vor dem Fenster ist es laut geworden. Leute rufen, und Mahmoud kann hören, wie Menschen vor dem Haus hin und her laufen. Dann knallt es zweimal. Mahmoud zieht den Schemel vor das Fenster und klettert drauf. Er schiebt vorsichtig den Vorhang beiseite und sieht hinaus. Draußen auf der Straße liegt ein Mann und schläft. Um seinen Kopf ist eine rote Pfütze.

Mahmoud! Geh sofort weg vom Fenster! Sabihas Stimme ist ganz schrill. Komm sofort hierher! Sie hebt Ibrahim hoch und packt Mahmoud fest bei der Hand.

Im Flur ist es dunkel. Ahmed steht an der Tür und lauscht. Im hinteren Zimmer ist es auch dunkel. Sabiha setzt sich mit Ibrahim auf den Boden und schaut zur Tür. Ibrahim hat immer noch die Augen zu.

Ist er tot?

Ist *wer* tot?

Ibrahim.

Natürlich ist dein Bruder nicht tot, was redest du da für einen Unsinn! Er hat sich den Kopf gestoßen, und jetzt schläft er, weiter nichts. Halt jetzt den Mund.

Mahmoud ist froh, dass er seinen Bruder nicht umgebracht hat.

Mutter?

Ja, was ist denn noch?

Wie kann der Mann schlafen?

Welcher Mann denn?

Der draußen liegt. Wie schläft er bei dem Lärm?

Es herrscht Krieg, sagen die Großen. Mahmoud versteht das Wort nicht, aber wenn er fragt, sagen sie, er soll den Mund halten und spielen gehen. Mahmoud will nicht draußen auf der Straße spielen, wo der Mann geschlafen hat, denn an der Stelle, an der sein Kopf lag, ist ein brauner Fleck, der die Fliegen anzieht. Im Garten ist es heiß, obwohl der Winter vor der Tür steht. Noch immer gab es keinen Tropfen Regen, und das Wasser aus dem Brunnen fängt an, schlecht zu riechen. Die Oliven fallen reif von den Bäumen, und niemand hebt sie auf, um sie zu Öl zu pressen oder sie in Salzlake einzulegen. Dieses Jahr werden keine Oliven geerntet, denn es herrscht Krieg.

Mahmoud sitzt draußen im Garten und isst eine Orange. Ibrahim sitzt neben ihm im Gras und streckt die Händchen aus. Das bedeutet, er möchte auch ein Stück Orange, aber Mahmoud hat keine Lust, ihm eines zu geben, weil Ibrahim ohnehin nicht weiß, wie man Orangen richtig isst. Dafür ist er noch zu klein. Mahmoud weiß, wie es geht: Man muss den Orangenschnitz so in den Mund stecken, dass das dicke Ende nach außen zeigt, und dann kann man die Lippen darüberstülpen und so tun, als hätte man Zähne aus Orange. Mahmoud macht es Ibrahim vor, und Ibrahim lacht und will die Orange.

Mahmoud versteht die Großen nicht. Sie sagen, die Juden sind schlimm, außer die Jankowitschs, die sind arm dran. Sie sagen, wir sind alle arm dran, außer die Juden, die nehmen sich einfach, was ihnen nicht zusteht. Mahmoud kann das nachvollziehen, trotzdem gibt er seinem Bruder ein Stück Orange, obwohl ihm das eigentlich auch nicht zusteht. Ibrahim greift danach, steckt es sich in den Mund und schmiert sich das ganze Gesicht mit dem Saft ein, und Mahmoud ist klar, dass es Ärger geben wird. Warum ist das Kind überall mit Saft beschmiert, wird die Mutter fragen. Warum kannst du nicht einmal ordentlich auf deinen Bruder aufpassen, wo du doch schon so groß bist. Mahmoud fragt sich, warum er groß genug ist, um auf seinen Bruder aufzupassen, aber nicht groß genug, dass ihm jemand das mit dem Krieg erklärt.

Abu Walid ist der Einzige, der ihn nicht wegschickt, wenn er Fragen hat.

Abu Walid, was ist Krieg?

Krieg ist das, was Leute tun, wenn ihnen die Argumente ausgehen.

Was sind denn Ar…gu…mente?

Das sind Dinge, die wir einander an den Kopf werfen, um uns nicht miteinander prügeln zu müssen.

Ach so.

Ahmed sitzt in der Küche und trinkt schwarzen Kaffee aus einer kleinen Tasse. Er hebt Mahmoud auf seinen Schoß.

Baba, warum ist Krieg?

Das ist nichts für kleine Ohren.

Abu Walid hat gesagt, dass sich die Leute Sachen an den Kopf werfen. Hat der Mann auf der Straße was an den Kopf bekommen?

Denk nicht mehr an den Mann auf der Straße.

Ahmed hat ein Stück Holz geholt, und jetzt schnitzt er etwas daraus.

Was machst du da?

Wirst du bald sehen.

Ibrahim steckt sich ein Stück Holz in den Mund. Das kommt daher, dass er noch so klein ist.

Spuck das aus!

Ibrahim heult. Der Vater seufzt.

Wo ist Mutter?, fragt Mahmoud.

Sie liegt im Bett.

Ist sie krank?

Sein Vater antwortet nicht. Stattdessen sagt er, halt das mal.

Er gibt Mahmoud den Griff des Schnitzmessers in die Hand und zeigt ihm, wie man vorsichtig das weiche Holz abschabt. Siehst du? Man muss nur sehr vorsichtig sein. Das wird eine Gebetskette.

Mahmoud darf einen Schluck aus Vaters Tasse trinken. Der Kaffee schmeckt bitter, aber Mahmoud ist glücklich. Er erzählt noch tagelang von der Kette und dem Schnitzmesser, aber niemand hört zu, weil ein neues Baby da ist, das mitten in der Nacht angekommen ist. Die Nachbarn sagen, das ist aber ein niedliches Baby, und so kräftige Lungen.

Mahmoud steht im Wohnzimmer und ist verwirrt wegen der vielen Leute, die gekommen sind, um sich den kleinen Bruder anzusehen. Ibrahim weint, weil er müde ist und Mutter mit dem neuen Baby beschäftigt ist und es schrecklich ist, wenn man einen kleinen Bruder mit kräftigen Lungen hat.

Das Baby heißt Ismael, weil Ismael der Stammvater aller Araber ist und weil man auf seine Wurzeln gar nicht genug Wert legen kann, wie Ahmed erklärt. Es weint andauernd, vor allem mitten in der Nacht. Mahmoud und Ibrahim möchten gern raus zum Spielen, aber Sabiha sagt, sie will nicht, dass einer ihrer Söhne mit einer Kugel im Kopf nach Hause kommt. Mahmoud möchte wissen, wie man eine

Kugel in den Kopf bekommt, und kriegt stattdessen einen Klaps.

Stell nicht solche Fragen, und bleib gefälligst vom Fenster weg.

Ahmed ist wieder unterwegs und arbeitet als Schneider, aber das Geld liegt nicht auf der Straße, sagt er. Manchmal bringt er einen Leckerbissen mit nach Hause, Fleisch in Dosen, ein Huhn, eine Kiste voll Datteln. Er sagt, die Kinder brauchen frische Milch – wenn es wieder bergauf geht, schaffen wir uns eine Ziege an.

An diesen Abenden ist Ahmed fröhlich und singt das Lied vom Kameltreiber, das Sabiha so mag.

Mitten im Winter, als die Nacht am dunkelsten ist, kauft Ahmed eine Waffe. Es ist eine alte Waffe mit langem Lauf, und sie ist rostig. Ahmed legt sie sich auf den Schoß, und dann beginnt er, sie einzuölen. Mahmoud schaut ihm zu und beißt sich auf die Lippen, weil man Kinder zwar sehen, aber nicht hören sollte, vor allem nicht, wenn die Großen arbeiten oder ihre Waffen putzen.

Verriegle alle Türen und Fenster, befiehlt Ahmed, und mach niemandem auf. Niemandem, hörst du? Unter keinen Umständen!

Ich höre, sagt Sabiha.

Die Tage werden dunkel. Sie essen im Schein von Kerzen, um kein Licht nach draußen dringen zu lassen. Wenn Ismael schreit, wird Sabiha ängstlich und trägt ihn ins hintere Zimmer, wo sie ihn mit einer Decke bedeckt, um das Gebrüll zu dämpfen. Sie weint oft in diesen Tagen, aber wenigstens brüllt sie dabei nicht wie Ismael. Sie weint ganz leise, und manchmal sitzt sie auch einfach nur so da und seufzt.

Mahmoud möchte, dass seine Mutter wieder so ist wie früher, und zieht Ibrahim am Ohr, bis er weint. Vielleicht wird die Mutter dann ja wütend und schreit, und alles ist wieder normal. Doch Sabiha macht nur Ts und seufzt, und Mahmoud schubst Ibrahim, der noch mehr heult. Sabiha blinzelt ein paarmal, aber sie steht nicht auf, um zu schreien, was machst du da, du bringst deinen Bruder noch um. Sie sitzt auf dem Diwan und seufzt. Am Ende muss Mahmoud Ibrahim selber trösten und erlaubt ihm sogar, mit dem Holzpferd zu spielen. Ibrahim zieht das Pferd durchs Wohnzimmer, und dann hebt er es hoch und schlägt es gegen den Steinboden, bis ein Rad abbricht. Mahmoud seufzt.

***

Viele Jahre später, als Sabihas Jungs (jedenfalls diejenigen, die überlebt haben) schon längst alte Männer waren, sollte eine winzige Erinnerung genügen, um sie schnurstracks in die Vergangenheit zurückzuschicken. Ein kleiner Schubs, und sie steckten wieder mitten in ihrer Kindheit.

Onkel Mahmoud beispielsweise musste nur an einer Jaffa-Orange riechen und war mittendrin in dem Tag, an dem er seine Heimat für immer verlor. Immer wenn ihm das passierte, ging er los und reparierte eine Armbanduhr. Am Ende hatte er den ganzen Küchenschrank voller Uhren, die er irgendwo kaputt gefunden oder für ein paar Münzen gekauft und dann repariert hatte. Wenn man genau hinhörte, konnte man beim Abendessen das Ticken unzähliger Uhren hören.

Die Schriftstellerin Joan Didion schrieb einmal, wir erzählen uns Geschichten, um zu leben. Die Dichterin Alice Walker sagte in etwa dasselbe: Gedichte zu schreiben sei ihre Art, mit der Welt zu feiern, dass sie sich am Abend zuvor nicht umgebracht hätte.

Wenn das Geschichtenerzählen eine therapeutische Wirkung hat, dann ist dieser Segen an meinen Großeltern spurlos vorübergegangen, denn es ist nicht überliefert, dass sich einer von ihnen jemals hingesetzt und den Kindern eine Geschichte erzählt hat. Dazu war keine Zeit. Man war damit beschäftigt, zu überleben.

Was meine Großmutter getan oder gefühlt hat, als ihr Leben aus den Fugen geriet, kann ich nicht wissen. Doch später griffen einige ihrer Söhne zu Pinsel und Leinwand oder zu Stift und Papier und drückten den Schmerz aus, der in diesen Jahren seinen Anfang nahm. Vielleicht hätte meine Großmutter gerne über diese Zeit geschrieben, doch wie die meisten palästinensischen Frauen ihrer Generation war sie Analphabetin. Sie sprach nicht einmal darüber. Wenn man den Erzählungen ihrer Söhne Glauben schenken kann, verlor sie über jene Zeit nie wieder ein Wort. Das wenige, was ich weiß, hat Onkel Mahmoud erzählt, der damals gerade vier Jahre alt war, aber alles noch glasklar vor sich sah, als ich ihn kennenlernte.

Viel wurde über den Israelischen Unabhängigkeitskrieg von 1948 geschrieben, dessen Ausgang zu überschäumender Freude und Erleichterung auf der einen Seite und zu tiefer Verzweiflung und einem gewaltigen Exodus auf der anderen Seite führte. In Bibliotheken finde ich Bücher mit Bildern der Flüchtlingstrecks. Sie sehen genauso aus, wie Flüchtlingstrecks immer aussehen: Menschen, die sich die

Verzweiflung wie einen Rucksack um die Schultern geschnallt haben. Frauen, die Karren mit Hausrat ziehen, Kinder, die auf den Karren sitzen und mit leeren Augen auf die Straße vor sich starren. Alte Menschen, die zurückblicken, und Familienväter, die verzweifelt nach vorne blicken, die Schlüssel ihrer alten Häuser in den Taschen, wohl wissend, dass sie nie wieder zurückkehren werden.

Mein Großvater ist auf keinem dieser Bilder zu sehen. Im April 1948 liegt er mit einer Schusswunde im Krankenhaus, niemand weiß, wann und wie er sie sich zugezogen hat.

***

Es ist Frühling 1948, und die Juden haben Jaffa abgeriegelt. Das ganze Viertel ist mit Stacheldraht umzäunt, und ehe man sich's versieht, hat man eine Kugel im Kopf. Niemand redet davon, dass Jaffa fallen könnte, aber alle ahnen es. Seit Bekanntwerden des UN-Teilungsplans, der eine Teilung des Landes in einen jüdischen und einen arabischen Teil vorsieht, ist in der Stadt der Teufel los, und mit der Zeit wird es nur schlimmer. Am Anfang schossen sie aufeinander von ihren Dachfenstern aus und dann ging es direkt mit den Mörsergranaten weiter.

Sabiah und ihre Kinder verbringen die Tage meist vor Angst schreiend unter dem Küchentisch, aber die Männer im Viertel wollen sich der Arabischen Befreiungsarmee anschließen, die das Vorrücken der jüdischen *Haganah*-Truppen stoppen soll. Sabihas Verwandten haben beschlossen zu fliehen. Sabihas Brüder geben den Befehl zum Aufbruch: Die Schwestern Mahdeya und Suleika gehen mit ihren Familien in den Libanon, wo bereits einige ältere Anverwandte leben und bereit sind, die paar weiteren hungrigen Mäuler aufzunehmen und durchzufüttern. Doch Sabihas Mann will seine Heimat nicht verlassen, schon gar nicht kampflos. Sei nicht dumm, sagen Mahdeya und Suleika, nimm die Jungs und komm mit uns, aber Sabiha presst die Lippen zusammen und sagt, sie kann ja schlecht ohne ihren Mann gehen, was werden dann die Nachbarn sagen.

Während oben am Himmel die britischen Spitfires versuchen, die Situation unter Kontrolle zu bringen, tobt unten in Jaffa der Krieg. Es gibt Berichte von Menschen, die aus ihren Häusern gejagt wurden, die erschossen wurden, weil sie sich weigerten zu gehen. Und dann bekommt Ahmed eine Kugel ab. Kurz bevor man ihn mit seiner sprudelnden Schusswunde ins Krankenhaus befördert, befiehlt er Sabiha, die Koffer zu packen und zu fliehen, und obwohl sie keine Ahnung hat, wo Beirut überhaupt liegt und wie sie dorthin kommen soll, packt sie hastig Kleidung und Decken für die Jungs und ein wenig Wäsche für sich selbst ein und macht sich auf den Weg zum Hafen, während ihr Mann im Krankenhaus liegt und versucht, nicht zu sterben.

Erinnerungsstücke nimmt sie keine mit – mehr als einen Koffer kann sie nämlich nicht tragen, denn auf dem Arm hält sie das Baby Ismael. Mahmoud und Ibrahim gehen großäugig und stumm neben ihr her, als sie sich auf den Weg zum Kai macht. Sie muss nicht mal nach dem Weg fragen, denn da stehen schon so viele Leute, dass es schwer ist, überhaupt durchzukommen. Ismael brüllt, und Ibrahim stolpert auf seinen kurzen Beinen neben ihr her, aber Mahmoud schaut sich alles an und wundert sich. Britische Soldaten stehen am Kai und scheuchen die Menschen auf die Boote, Hauptsache, die Straßen leeren sich endlich.

Sabiha wird geschubst und gestoßen, Ibrahim klammert sich mit aller Kraft an ihre Hand, aber Mahmoud bleibt einfach stehen mit schreckgeweiteten Augen. Es riecht stechend nach Diesel und Pferdemist und dem Angstschweiß unzähliger Menschen. Mahmoud hat Angst, zurückgelassen zu werden, also zwingt er seine Beine vorwärts und bemüht sich, seine Mutter nicht aus den Augen zu lassen.

Meine Schwestern, ruft Sabiha, ich muss auf das Schiff, auf dem meine Schwestern sind, doch die Soldaten schubsen sie zurück in die Menschenmenge, denn nun sind die Boote voll und bereit zur Abfahrt. Mahmoud sieht, wie Menschen in das Hafenbecken springen, sie haben sich ihre Koffer auf die Schultern geladen, ein Mann trägt seinen alten Großvater auf dem Rücken, und sie schwimmen durch das morastige Wasser, um die Schiffe zu erreichen, die gerade dabei sind, abzulegen.

Dann hört man Schüsse, und die Menschen schreien in Panik und werfen ihre Koffer und Großväter fort, um sich in Sicherheit zu bringen. Mahmoud spürt, wie eine Hand nach ihm greift und ihn packt, und dann befindet er sich hoch in der Luft und dreht sich einmal um die eigene Achse, ehe er mit seinen Füßen wieder den Boden berührt, aber es ist nicht der Hafen, es ist eine kleine Rampe, die auf ein Boot führt. Überall um ihn herum sind Menschen, und alle schreien und drängeln. Das Brett, auf dem er steht, wackelt unter der Last, und unter ihm ist Wasser, und nirgendwo ist etwas zum Festhalten. Immer noch hört er seine Mutter brüllen, dass sie auf das andere Boot will, und er sieht sich um, und da steht sie vor ihm auf der Rampe. Sie hat Ibrahim an der Hand und Ismael auf dem Arm und keinen Koffer, nirgends. Als sie einen Schritt macht, verliert sie das Gleichgewicht und stolpert. Sie streckt die Arme aus, um sich festzuhalten, und Ismael saust durch die Luft und dann ist er weg.

***

Der Hafen von Jaffa ist klein, er kann sich nicht mit den Häfen anderer Städte messen, in denen ich war: Hamburg, New York oder Casablanca. Jaffa ist ein Dorf, aber an jenem Tag im Jahr 1948 haben sich auf den schmalen Kais Tausende von Menschen gedrängt, hinter ihnen fielen Schüsse, und vor ihnen war nichts als das offene Meer.

In meiner Familie gilt es als ausgemachte Sache, dass die Briten ziemlichen Bockmist gebaut haben, als sie so kläglich versagt haben, allen voran Balfour, dieser Hurensohn, und damit wären die Briten mit schuld an dem ganzen Elend. Alle außer der eine. Der, der Ismael aus dem Wasser gezogen hat, als Großmutter wie am Spieß schrie und vor lauter Schreck fast das Bewusstsein verlor. Er sprang kopfüber ins Hafenbecken, fischte das Baby aus dem Wasser und drückte es meiner weinenden Großmutter in die Arme, ehe das Schiff endgültig ablegte, in Richtung Osten.

Die Briten setzten uns auf das Schiff, erzählte mein Onkel Mahmoud später, und sagten, gute Fahrt und viel Glück und kommt bloß nicht zurück.

Alle, außer der eine.

Zweiter Teil

Beirut

Alles, was du berührst, veränderst du.
Alles, was du veränderst, ändert dich.
Die einzig konstante Wahrheit ist Veränderung.

OCTAVIA BUTLER

In Familien wie der meinen sind die Verhältnisse komplex. Es kann passieren, dass jemand anruft und sagt, hallo, ich bin dein Cousin Majed, wir kennen uns nicht, aber unsere Großväter waren Brüder, was beweist, dass wir verwandt sind – und ein Jahr später oder so sitzt man mit ihnen beim Essen, und es ist, als würde man sich schon ein Leben lang kennen.

Meine Familie ist groß, selbst wenn man nur den engsten Kreis dazuzählt. Zählt man auch die entfernteren Verwandten mit, die Nachkommen der Großonkel und Großtanten und die Cousins zweiten und dritten Grades, wie es in arabischen Familien üblich ist, ist es wie bei einem Treffen der Vereinten Nationen. Wie fast alle palästinensischen Familien ist auch meine über die ganze Welt verstreut. Einige von uns leben so weit entfernt von den Ursprüngen, dass sie es höchstens alle paar Jahre schaffen, nach Hause zu kommen. Einige sind reich, andere sehr arm. Ein paar von uns haben ein Universitätsdiplom, andere keinen Schulabschluss. Manche sind sehr fromm, andere haben der Religion seit Jahren den Rücken gekehrt. Die meisten sind verheiratet und haben Kinder, doch einige unter uns weigern sich beharrlich, sich den Konventionen anzupassen. Das sind diejenigen, die in der Kindheit Punk auf dem Walkman hörten und wegen einer heimlich gestochenen Tätowierung Hausarrest bekamen. Manche der Frauen in meiner Familie tragen Kopftücher und bodenlange Kleider, andere posieren mit Minirock und High Heels für die Kamera meines Onkels Youssef, wenn er Erinnerungsfotos schießt, doch selbst die Draufgängerischsten unter uns vergessen nicht die Regeln der Höflichkeit: *Shukran*, *Umm Ahmed*, das Essen war köstlich, sagen wir. *Aiwa*, ich höre, *Ammo*.

Denn eine Sache ist allen Araberinnen und Arabern zu eigen: die Gastfreundschaft, Großzügigkeit und der Respekt, den wir den Ältesten unserer Familie entgegenbringen.

Doch Araber ist nicht gleich Araber, auch wenn der Westen gerne alle über einen Kamm scheren würde. Auch das ist eine Sache, die arabische Menschen überall auf der Welt verbindet – die Art und Weise, wie über sie berichtet wird. Als etwa nach den Terroranschlägen des 11. Septembers 2001 alle Welt auf die Araber blickte und sie ein Problem nannte, hat das niemanden in meiner Familie sonderlich verletzt, jedenfalls nicht, soweit ich mich erinnern kann. Schließlich sind sie Diskriminierung gewohnt, als Palästinenser sowieso. Es ist nämlich keineswegs so, dass die arabische Welt eine homogene Masse ist, ebenso wenig, wie das die Menschen in Europa sind: Die Araber auf der Halbinsel haben ihre Ölquellen und Wolkenkratzer, die Palästinenserinnen und Palästinenser haben andere Dinge, die ihnen über die Runden helfen. Zum Beispiel ein tiefes Verwurzeltsein in einem Land, das nur noch in der eigenen Erinnerung existiert. Einen gewissen Fatalismus, der dem der Juden in nichts nachsteht. Ein Misstrauen gegenüber den Obrigkeiten, Resignation, Entmutigung oder Pragmatismus – wie auch immer man es nennen möchte.

Das alles liegt natürlich völlig quer zum Draufgängertum der verschiedenen politischen Gruppierungen, die es für sich in Anspruch nehmen, das palästinensische Volk zu repräsentieren. Ob PLO, Fatah oder Hamas – am Ende ist man als Palästinenser sowieso auf sich gestellt, egal was die da oben aushecken. Dieses merkwürdige Gefühl des Andersseins ist eine der herausstechendsten Eigenschaften des palästinensischen Volkes. Palästina – so sagen Historiker – steht völlig abseits von anderen arabischen Regionen, und nicht nur deswegen, weil es niemals existiert hat. Einen Staat Palästina hat es nie gegeben, und das Warten darauf ist zu einer fixen Idee geworden, wie ein Witz, der langsam einen Bart hat.

Jedenfalls hat die Geschichte den Palästinensern grausam mitgespielt und ihnen immer wieder die schlechtesten Karten ausgeteilt. Der Nahostkonflikt ist einer der längsten und blutigsten Kriege, die je geführt wurden, und er findet zum großen Teil auf dem Rücken der Palästinenser statt. Er hat sie zerschlagen und zerstört, und meinen Verwandten scheint es so, als würde er ewig dauern. Was, bei aller Objektivität, den Tatsachen entspricht: Es ist kein Ende in Sicht. Selbst der libanesische Bürgerkrieg, einer der brutalsten Konflikte der Region, ist in seinem Beginn und seinem

Fortgang eine direkte Folge jenes Krieges, der meine Großeltern dazu zwang, ihre Heimat zu verlassen. Der syrische Bürgerkrieg schlug dann auch noch den weiter entfernten Teil meiner Familie in die Flucht, und nicht alle meine Verwandten haben ihn überlebt.

Als Majed, mein Cousin zweiten Grades, vor einigen Jahren mit Sack und Pack und einem kleinen Bruder im Schlepptau ein kaum seetüchtiges Gummiboot bestieg, um aus seiner Heimat Syrien zu fliehen, war er dem Tod nicht nur einmal von der Schippe gesprungen, er hatte Gefechte, Bombeneinschläge und Terror überlebt. Als er schließlich in Deutschland ankam, hatte er nicht nur das Meer mit einem Schlauchboot bezwungen, sondern auch knapp tausend Kilometer zu Fuß zurückgelegt und sich durch Stacheldraht, Rassismus und provisorische Zeltlager gekämpft mit seiner Intelligenz, seiner Ausbildung und seinem Überlebenswillen als einzigen Waffen gegen eine Welt, die für Geflüchtete kaum mehr als ein Schulterzucken übrig hat. In gewisser Weise ähnelt seine Biografie der meiner Großmutter, die 1948 bei Verwandten im Libanon vor der Tür stand und um Obdach bat.

Und da war sie nicht die Einzige: Allein im Jahr 1948, dem Jahr der israelischen Staatsgründung, mussten über 700.000 Palästinenserinnen und Palästinenser ihre Heimat verlassen. Dieser Exodus wird im Arabischen schlicht *An-Nakbah*, die Katastrophe, genannt und ist der Dreh- und Angelpunkt des israelisch-palästinensischen Gesamtproblems.

Flohen sie, wurden sie vertrieben, oder gingen sie freiwillig? Die Antwort darauf ist so bedeutsam wie komplex, denn von genau dieser Antwort hängt nahezu jeder Friedensplan, der je erdacht wurde, ab. Kein Konflikt wurde so intensiv erforscht und untersucht, und kein Konflikt wurde je so unterschiedlich gedeutet. Alle Pläne für einen dauerhaften Frieden beschäftigen sich mit dem Thema des Rechts der Palästinenser auf Rückkehr in ihr angestammtes Gebiet. Dieses Rückkehrrecht ist in hohem Maße von der Frage abhängig, ob es sich bei *An-Nakbah* um eine gewaltsame Vertreibung oder ein freiwilliges Verlassen handelt, und die Antwort darauf fällt immer anders aus, je nachdem, wen man fragt. Fragen Sie meine Familie, so ist die Antwort eindeutig, aber sie wird meist nicht mit Worten gegeben, sondern mit Tränen.

Im Sommer 1948 jedenfalls landeten im Hafen von Beirut jeden Tag Dutzende von Schiffen aus Jaffa und Haifa, die ihre menschliche Fracht ausspuckten und dann denselben Weg zurückfuhren, um noch mehr Flüchtlinge aufzunehmen.

Damals befand sich der gesamte Nahe Osten in einem Zustand des kollektiven Umherirrens: Jeder, der konnte, war irgendwohin unterwegs. Die sephardischen Juden, die in Ländern wie dem Irak, Ägypten oder Tunesien seit vielen Jahrhunderten heimisch waren, flohen vor dem mit Wucht einsetzenden Antisemitismus in der arabischen Welt und zogen in großen Scharen in den neu gegründeten Staat Israel, wo sie schon bald die Häuser bewohnten, die die geflohenen Palästinenser zurückließen. Jüdinnen und Juden, die das unvorstellbare Glück hatten, den Holocaust zu überleben, machten sich ebenfalls in großer Zahl auf, um in Israel neu anzufangen, denn wohin sollten sie sonst gehen?

Die Araber Palästinas hingegen versuchten, in der näheren Umgebung zu bleiben: Ärmere Palästinenser flohen meist nach Gaza oder Jordanien, doch die Mittelklasse bevorzugte Beirut, das Paris des Nahen Ostens. Was sie nicht wussten, war, dass Beirut seine Kapazitätsgrenzen erreicht hatte, lange bevor die palästinensischen Flüchtlinge eintrafen. Die libanesische Gesellschaft ist ein kurioses Gebilde aus siebzehn unterschiedlichen Konfessionen, in dem das Gleichgewicht zwischen Ober- und Unterschicht präzise austariert ist. Kurzum: Man bemitleidete die Palästinenser aus der Ferne und hoffte dann, dass sie baldmöglichst wieder verschwänden.

***

Sabiha sagt, sie erträgt es nicht, dass die Kinder einen solchen Lärm machen. Es bereitet ihr Kopfschmerzen, sagt sie. Dum, dum, dum, mein Kopf pocht und pocht und pocht, und alles, was ihr tut, ist herumschreien und Lärm machen.

Mahmoud und Ibrahim gehen ins andere Zimmer, aber da sind schon die Tanten, und die sagen, raus mit euch, spielt woanders.

Sie kamen mit leeren Händen in Beirut an, weil Sabiha den Koffer im Hafen verloren hatte. Zuerst wurden sie, wie alle Flüchtlinge, in ein Zeltlager am Stadtrand gesteckt, das so voller Ratten und Flöhe war, dass sie deren Bisse noch immer spüren. Sabiha und die Kinder mussten sich das Zelt mit Sabihas Brüdern Usaef und Darwish und den Schwestern Mahdeya und Suleika und deren Familien teilen, die schon vor ihnen angekommen waren und wussten, wie es lief. Dort steht man für Wasser an, sagte Darwish und wies auf einen Brunnen am Rand des Lagers, und dort drüben für Essen. Genießbar ist nichts von beidem, im Mehl sind Würmer und im Wasser ist Typhus, aber wir haben keine Wahl. Morgen sollen ein paar Lastwagen von der UNO kommen, dann gibt es vielleicht Brot oder Milchpulver für die Kinder. Man kommt der Reihe nach dran, und wer sich vordrängelt, zieht sich den Zorn des ganzen Lagers zu, also halte dich gefälligst an die Regeln, egal wie sehr dir der Bauch vor Hunger wehtut.

Sabiha sagte, hier kann sie nicht leben.

Niemand kann hier leben, sagte Darwish, denn es ist die Hölle, Allah steh uns bei, aber wir sind nun einmal hier, was willst du machen?

Die Kinder waren schmutzig und liefen in Lumpen herum. Sie hatten Schorf auf dem Kopf von den Läusen und blutigen Durchfall von den Ratten und den schmutzigen Aborten, in denen es vor Keimen nur so wimmelte.

Können wir nicht zu Tante Zafira, die in Beirut wohnt, fragte Sabiha, und da mischte sich Mahdeya ein und sagte, Zafira sei ein altes Hexenweib und noch schlimmer als Ratten und Flöhe, und sie fängt sich lieber den Typhus ein, als mit ihr unter einem Dach zu leben.

Sabiha sagte, unter irgendeinem Dach zu leben, und gehörte es auch einer Schreckschraube wie Zafira, sei immer noch besser, als ohne irgendein Dach zu leben, zumal mit Flöhen und Typhus.

Es ist die längste Rede, die Sabiha je gehalten hatte, und obwohl sie keine Ahnung hatte, wo Zafira wohnt, nahm sie Mahmoud, Ibrahim und Ismael, deren Kleider vor Dreck nur so starrten, und machte sich zu Fuß auf den Weg nach Beirut.

Tante Zafira wurde fast ohnmächtig, als Sabiha und ihre Jungs so abgerissen vor ihrer Tür standen. Ein Bottich mit heißem Wasser und Kernseife wurde bereitgestellt, und nachdem die Jungs darin gebadet und gebürstet worden waren, war das Wasser schwarz und auf der Oberfläche schwamm das Ungeziefer.

Tante Zafiras Wohnung ist klein und schon mit ihren eigenen Kindern und Kindeskindern viel zu voll. Jetzt platzt sie aus allen Nähten. Zafira führt ein strenges Regiment, und sie sagt, für Lärm hat sie nichts übrig. Tagsüber knurrt und murrt sie in ihrer Küche und beklagt sich, dass die Lebensmittelpreise so gestiegen sind, jetzt, wo die vielen Flüchtlinge die Stadt überschwemmen. Sie wacht mit aufmerksamem Blick darüber, wie viel die Kinder essen, und wenn sie findet, dass es genug ist, nimmt sie ihnen den Teller weg.

Sabiha hingegen bringt kaum einen Bissen hinunter, so stark ist ihr Heimweh. Sie stochert beim Abendessen nur auf ihrem Teller herum und wickelt ihre Ration Brot und Bohnen heimlich in ein Taschentuch, um sie später den Jungs zu geben, damit sie nicht hungrig schlafen gehen müssen.

Es ist mächtig eng in dem alten Haus, und es gibt nicht genug Betten, sodass Sabiha und ihre Söhne auf einer Matratze im Flur schlafen müssen. Sabiha sagt, sie hat den Überblick verloren, wer zu wem gehört, und sie ist nur froh, wenn am Ende des Tages nur ihre eigenen Jungs auf der schmalen Matratze liegen und nicht noch irgendwelche fremden Bälger, Allah beschütze uns.

Die Stadt ist randvoll mit Menschen, und seit die Franzosen vor ein paar Jahren abgezogen sind, ist es im Grunde noch schlimmer geworden, denn damals gab es wenigstens genug Zigaretten. Mahmoud und Ibrahim spielen unten auf der Straße, und Sabiha sitzt auf einem Stuhl in der Sonne und trinkt Tee und seufzt immerzu, weil ihr der Kopf wehtut. Die Tanten sagen, sie würde noch an der Schwindsucht eingehen, und Sabiha erwidert, das sei ihr egal, denn wer will schon in dieser Welt alt werden, wo doch ohnehin jeden Augenblick die Juden oder die Briten kommen und ihnen wieder alles wegnehmen können. Was gäbe ich nicht für eine Zigarette, sagt Sabiha, und Mahmoud will auch eine Zigarette, aber noch lieber hätte er seinen Vater zurück. Wann kommt Baba, fragt Ibrahim, und Sabiha antwortet, das weiß ich auch nicht, wenn er gesund wird, wenn er ein Boot findet, das ihn von dort fortbringt, *Inshallah*, und wenn er dann einen Weg findet, von Jaffa nach Beirut zu kommen, und hör auf Fragen zu stellen.

Mahmoud gibt Ibrahim einen Klaps, weil er nicht aufhört, Fragen zu stellen, und die Frage, die er immer wieder stellt, lautet: Warum? Warum dürfen wir nicht im Hof spielen? Weil da Ratten sind. Warum müssen wir alle zusammen auf der schmalen Matratze auf dem Fußboden schlafen? Weil sonst kein Platz ist. Warum gibt es kein Huhn zum Reis? Weil wir kein Geld haben. Warum kommt Baba nicht? Warum können wir nicht nach Hause? Hör auf zu fragen.

Einmal in der Woche wäscht Sabiha die wenige Wäsche, die sie haben, im Brunnen im Hof, während Mahmoud, Ibrahim und Ismael in ein paar Laken gewickelt auf der Matratze hocken bleiben müssen, damit man ihre Blöße nicht sieht.

Jeder von ihnen besitzt nur ein Hemd und eine Hose, und die sind vom Waschen schon so fadenscheinig, dass Sabiha sagt, wehe, wenn ihr euch beim Spielen schmutzig macht oder euch das Hemd zerreißt, dann ziehe ich euch das Fell über die Ohren, habt ihr das verstanden? Zur Bekräftigung hebt sie die rechte Hand, und Mahmoud und Ibrahim nicken so oft hintereinander, wie sie können, bis die Mutter die Hand sinken lässt und Uff sagt. In letzter Zeit sagt sie viel Uff, und dabei legt sie sich immer den Handrücken an die Stirn und lässt sich schwer auf die Matratze fallen.

Unten in der Straße gibt es einen Händler, der Töpfe und Pfannen und Lampen verkauft, und ab und zu schenkt er Mahmoud und Ibrahim ein Bonbon. Mahmoud und Ibrahim sind darüber so froh, dass sie vor seinem Laden herumrennen und jubeln und der Händler zu Sabiha sagt, diese zwei Kerle, die Sie da haben, sind ganz prima Burschen, *Sayeda*. Würden Sie mir die verkaufen? Und Sabiha lächelt matt und sagt, kommt ganz auf den Preis an.

Ibrahim fängt augenblicklich an zu heulen, und Mahmoud fällt mit ein, und beide klammern sich an die Röcke ihrer Mutter und sagen, bitte verkauf uns nicht, wir werden brav sein und keinen Lärm machen, wir versprechen es bei Allah.

Dann lacht der Händler, und Sabiha gibt Mahmoud und Ibrahim einen Klaps, damit sie still sind.

Den ganzen Heimweg über schluchzt Ibrahim, und Mahmoud überlegt, dass es vielleicht doch ganz gut wäre, wenn der reiche Händler ihn und Ibrahim kaufen würde, denn dann gäbe es sicher jeden Tag Bonbons. Dann denkt er an seinen Vater und schämt sich, weil er der Sohn des Bonbon-

Händlers sein wollte, wo er doch einen Vater hat, der ein Held mit einer Schusswunde ist und ohnehin bald kommt, und dann wird alles gut.

Tante Zafira sagt, Bismillah, ich weiß wirklich nicht, wie ich euch alle satt kriegen soll, wo wir doch selbst nichts haben und wo die Lebensmittelpreise so gestiegen sind, seit die vielen Flüchtlinge in der Stadt sind, und warum bist du eigentlich nicht bei deinem Mann geblieben, wie es sich gehört, anstatt einfach auf und davon zu rennen, während der arme Ahmed zerschossen im Krankenhaus liegt und womöglich stirbt, Allah steh uns bei. Dann bricht sie in lautes Wehklagen aus und schlägt sich mit den Fäusten an die Schläfen, bis Sabiha entnervt aufsteht und das Zimmer verlässt.

Nachts, wenn der Mond durchs Fenster scheint, kann Mahmoud sehen, dass seine Mutter mit offenen Augen an die Decke starrt und lautlos den Mund bewegt. Mit wem sprichst du, fragt Mahmoud, aber Sabiha sagt nur, sei still und schlaf, und Mahmoud traut sich nicht, zu sagen, dass er nicht schlafen kann, weil er mal muss. In letzter Zeit muss er häufig mitten in der Nacht, aber er traut sich nicht allein in den dunklen Hof. Und in die Hosen zu machen kommt nicht infrage, weil das nur Babys tun und es eine Sünde ist. Also liegt er wach und konzentriert sich, und als am nächsten Morgen die Sonne aufgeht und der Muezzin zum Gebet ruft, springt er auf und rennt in gebückter Haltung mit der Hand im Schritt die Stufen hinunter in den Hof.

Als er fertig ist und sich am Brunnen waschen will, sieht er, dass ihn ein Junge aus dem Nachbarhaus beobachtet. Seid ihr Palästinenser, fragt der Junge, und Mahmoud nickt. Also seid ihr Flüchtlinge, sagt der Junge, und Mahmoud sagt gar nichts, weil er keine Ahnung hat, was das Wort *Flüchtlinge* bedeutet. Ihr seid Flüchtlinge, ruft der Junge und deutet auf Mahmoud, Flüchtlinge, Flüchtlinge, Flüchtlinge. Dreckige Ratten.

Mahmoud bückt sich, um einen Stein aufzuheben und dem Jungen an den Kopf zu werfen, damit er still ist, aber da hebt der Junge seinen Arm, als ob es ein Gewehr wäre, und macht Peng, Peng, Peng, und Mahmoud hebt auch seinen Arm und streckt den Zeigefinger aus und macht auch Peng, Peng, Peng, und sie jagen einander über den Hof und schreien Peng und Du bist tot, bis oben das Fenster aufgeht und Tante Zafira brüllt, sie sollen den Mund halten und aufhören, so einen Lärm zu machen.

Du gehst nach oben, augenblicklich, schreit Zafira vom Fenster aus, und Mahmoud gehorcht, weil er sonst ein paar hintendrauf bekommt. Oben zeigt er Ibrahim das neue Spiel, und sie halten ihre Arme ausgestreckt und machen Peng und zielen auf Ismael, der auf der Matratze liegt und am Daumen lutscht, und machen Peng, und dann geht die Tür auf, und Sabiha kommt herein und ist weiß wie ein Laken. Sie verpasst Mahmoud und Ibrahim je eine Ohrfeige, dass es nur so klatscht, und dann lehnt sie sich an die Wand und verbirgt das Gesicht in den Händen und schluchzt.

Mahmoud und Ibrahim halten sich die Wange und weinen auch, weil es das erste Mal ist, dass ihre Mutter so die Hand gegen sie erhoben hat, aber auch danach hört Mahmoud nicht auf, Krieg zu spielen. Unten im Hof zielen er und Ibrahim mit abgebrochenen Ästen auf die Ratten, die zwischen den Abfallhaufen herumhuschen, und Mahmoud stellt sich vor, dass sie der Feind sind. Er erzählt Ibrahim von dem Toten mit der Schusswunde im Kopf, der vor ihrem alten Haus lag, und in den nächsten Nächten kann Ibrahim nicht schlafen und weint vor Angst, aber Mahmoud kann nicht aufhören, an den Krieg zu denken. Sabiha kann auch nicht aufhören, an den Krieg zu denken, denn sie sitzt jeden Tag in Zafiras Küche, raucht eine Zigarette und sagt, es sei ihr unbegreiflich, dass es so viel Schlechtigkeit in der Welt gäbe.

Die ganze Straße war voller Blut, kannst du dir das vorstellen, Zafira?, sagt sie, und Zafira sagt, das kann sie sich nicht vorstellen.

Ich sah einen Mann über die Straße gehen, und im nächsten Augenblick lag er durchlöchert auf der Straße, kannst du dir das vorstellen, Zafira?

Zafira sagt, das sei unvorstellbar.

Das ganze Ajami-Viertel ist zerbombt und zerschossen und zerstört, und wenn ich die Augen zumache, höre ich immer noch die Schreie der Kinder, die in den Trümmern eingeklemmt sind, und wenn ich schlafe, träume ich von dem Mann, der durchlöchert auf der Straße liegt.

Zafira sagt, denk nicht mehr daran, Sabiha.

Wenn wir nur zurückkönnten, sagt Sabiha und zieht an ihrer Zigarette.

Bald, sagt Zafira. Der Krieg kann nicht mehr lange dauern, und dann könnt ihr zurück nach Hause.

Mahmoud und Ibrahim werden nach draußen zum Spielen geschickt, wenn die Erwachsenen über den Krieg reden, und das tun sie oft. Sie trinken Tee und rauchen und reden über den Krieg und über das Zurückkehren, und Sabiha weint, weil Ahmed nicht da ist und weil er im Sterben liegt und vielleicht nie mehr kommt, und was soll dann werden.

Den ganzen Sommer über ist Mahmoud immer stiller geworden, und als es August ist, spricht er fast gar nicht mehr. Nachts kann er hören, wie Ibrahim und Ismael im Schlaf atmen, aber er hört an Mutters Atem, dass sie nicht schläft.

Und dann, als der Herbst die ersten dunklen Regenwolken vor sich hertreibt, klopft es an der Tür, und da steht Baba, und er ist es wirklich und wahrhaftig.

***

Gestern Nacht rief mich mein Onkel Ibrahim aus Detroit, Michigan an, der den Dreh mit den unterschiedlichen Zeitzonen noch immer nicht heraushat, und wir telefonierten eine Stunde lang, weil er erfahren hat, dass ich dieses Buch schreibe, und seinen Beitrag dazu leisten will. Zeynep und ich nennen den geheimnisvollen Mechanismus, durch den selbst die belanglosesten Informationen ihren Weg durch unsere Verwandtschaft finden, die Familien-Post. Die Familien-Post funktioniert besser als jeder Geheimdienst. Gegen die subtile Informationsweitergabe innerhalb unserer Familie sieht selbst der Mossad alt aus, und die CIA sowieso. In Windeseile verbreiten sich alle Informationen, die ein Mitglied unserer Familie betreffen, innerhalb der gesamten Verwandtschaft. Auf verschlungenen und vermutlich halb telepathischen Wegen muss Ibrahim herausgefunden haben, dass ich Fragen habe.

Why you not call me more often?, fragt mein Onkel Ibrahim als Einleitung, und ich sage, es tut mir leid.

Von Es tut mir leid kann ich mir auch nichts kaufen, sagt er, und ich sage, da hat er recht.

Anyway, weil ich dich lieb habe, bin ich dir nicht böse. Außerdem ist es gut von dir, dass du über unsere Familie schreibst, und ich denke, wenn du wüsstest …

Man kann förmlich hören, wie mein Onkel in seinem Gedächtnis gräbt, um noch die winzigste Erinnerung an seine frühe Kindheit hervorzuholen. *I am sorry*, sagt er, ich habe lange nicht mehr daran gedacht, und ich werde langsam alt.

Die folgende Stunde höre ich seiner sonoren Stimme dabei zu, wie sie ein Bild malt vom Libanon der späten 1950er- und 1960er-Jahre, von den Flüchtlingslagern, die sich im Winter in Morast verwandelten und wo Diphterie und Ruhr sich die Klinke in die Hand gaben. Von den provisorischen UN-Büros, in denen Großmutter stundenlang um Brot und Kleidermarken anstehen musste und oft mit leeren Händen wieder ging, weil nicht genug für alle da war. Vom Hunger, der nachts kam, wenn der Regen durchs Dach tropfte. Vor allem Kinder starben, sagt er. Die starben damals wie die Fliegen. Und wir, wir hatten einfach nur Glück. Ibrahim erzählt von der Hoffnung, bald wieder zurück nach Hause zu kommen, bald, bald, bald, Inshallah. Vielleicht morgen, vielleicht übermorgen. Wenn der Krieg aus ist. Vielleicht nächstes Jahr, oder übernächstes. Wenn es vorbei ist. Bald.

***

Nach seiner Ankunft schläft Baba fast vierzehn Stunden lang. Zafira überlässt ihm ihr großes Bett, und der Rest der Familie schleicht den ganzen Tag über auf Zehenspitzen herum, um ihn nicht aufzuwecken. Als Ahmed schließlich erwacht, ist es Mittag, und im grellen Licht der Sonne kann man sehen, wie dünn er geworden und wie fahl seine Haut ist. Sabiha erzählt jedem, sie hätte ihren Mann fast nicht wiedererkannt, so krank sieht er aus. Er ist ganz gelb im Gesicht, und Ahmed erklärt, das kommt daher, dass er den ganzen Weg von Jaffa bis Beirut zu Fuß gelaufen ist, und von den Gräueltaten, die er auf dem Weg mit ansehen musste. Welche Gräueltaten, fragt Mahmoud, aber sein Vater sagt kein Wort mehr. Er spricht auch sonst wenig. Am ersten Tag inspiziert er die Wohnung von Zafira und stellt fest, dass die Mäuse die Vorräte gefressen haben und dass die Kanalisation verstopft ist. Er sieht sich das Dach an, stellt fest, dass es löchrig ist, und rechnet aus, wie viele Monate es dauert, bis der Winter kommt und der Regen alles aufweichen wird.

Am nächsten Tag nimmt er sich die Kinder vor. Er stellt alle vor sich auf, prüft den fadenscheinigen Stoff ihrer viel zu klein gewordenen Kleidung, bemerkt die Schmutzränder unter ihren Fingernägeln, den weißlichen Schorf auf ihrer Haut und die Flohbisse an ihren Beinen, und dann befiehlt er ihnen, die Hemden auszuziehen, damit er ihre Rippen zählen kann. Ibrahim und Mahmoud sind so dünn, dass sie aussehen wie Fischgräten. Ismael hat wunde Stellen im Mund, riesige hungrige Augen und ein eingefallenes Gesicht, weil Sabiha nach der Flucht die Milch ausgegangen ist. Zafira und Sabiha geben ihm Ziegenmilch, die sie teuer einkaufen, aber alles, was er davon bekommt, ist gelber Durchfall. Das Kind muss zum Arzt, sagt Ahmed, aber Sabiha sagt, dafür ist kein Geld da. Da nimmt er ihr die Halskette ab, reißt sich selbst den Ehering vom Finger und nimmt Ismael mit hinaus. Als er zurückkommt, hat er eine Pipette und eine große braune Flasche mit einer gelben Flüssigkeit dabei, und er setzt sich mit Ismael auf die Matratze und tropft ihm das gelbe Zeug langsam in den Mund. Die Flüssigkeit sieht aus wie geschmolzene Sonne, und Mahmoud und Ibrahim wollen auch einen Tropfen haben, aber Ahmed sagt, esst euren Reis mit Bohnen und haltet den Mund, das hier ist für euren Bruder, damit er nicht stirbt.

Von da an bewachen Mahmoud und Ibrahim die braune Flasche, die Ahmed auf ein Regal im Flur gestellt hat, damit niemand sie stiehlt und damit Ismael nicht stirbt.

Ahmed versucht, Arbeit zu finden. Jeden Morgen vor dem Gebet wäscht er sich gründlich am Brunnen im Hof, und nach dem Beten rasiert er sich vor einem kleinen Spiegel, der in der Küche über dem Waschbecken angebracht ist. Er schäumt sich seine Wangen ein und wetzt sein Rasiermesser an einem Schleifstein, dreimal vor und zurück. Dann setzt er das Messer an und fährt in präzisen Bewegungen von unten nach oben. Mahmoud und Ibrahim lungern in der Küche herum und sehen ihm zu. Wenn du Arbeit gefunden hast, beginnt Mahmoud zaghaft, kaufst du uns dann ein paar Bonbons? Und Ibrahim fällt begeistert mit ein: Ein Bonbon, ein Bonbon!

Wenn ich Arbeit gefunden habe, murmelt Ahmed aus dem Mundwinkel heraus mit schäumenden Wangen, dann bekommt ihr so viele Bonbons, wie in eure Bäuche passen.

Versprochen?, fragt Mahmoud sicherheitshalber nach.

Tamam, sagt sein Vater.

Abend für Abend kommt Ahmed heim, zieht sein Hemd

aus, hängt es im Flur an einen Haken und wäscht sich dann für das Abendgebet. Abend für Abend stehen Mahmoud und Ibrahim neben ihrem Vater, wenn er im Flur betet, und warten darauf, dass er sagt, hier Jungs, hier habt ihr eure Bonbons, so viele, wie in eure Bäuche passen. Aber Abend für Abend legt sich Ahmed nach dem Beten wortlos hin und schließt die Augen.

Mahmoud hätte nicht gedacht, dass es so lange dauert, Arbeit zu finden.

Es ist schwer, Arbeit zu finden, wenn man ein Palästinenser und ein Flüchtling ist und keine Heimat mehr hat und kein Fitzelchen Papier, auf dem steht, dass man irgendwohin gehört.

Ohne Staatsbürgerschaft, erklärt Ahmed, bist du ein Nichts.

Mahmoud versteht das nicht, denn da sitzt sein Vater und ist ganz offensichtlich *etwas*, aber er besteht darauf, dass er in den Augen der Libanesen *nichts* ist.

Nichts wert, erklärt Tante Zafira. Für die Fabrikbesitzer und die Kaufleute ist jemand nichts wert, wenn er keine Papiere hat.

Mahmoud versteht nicht, was das mit Papier zu tun haben soll, denn soweit er sehen kann, herrscht an Papier kein Mangel, die Marktleute wickeln zum Beispiel den Fisch damit ein, aber er hat schon begriffen, dass es am klügsten ist, den Mund zu halten, wenn die Erwachsenen die Augenbrauen zusammenziehen und ein finsteres Gesicht machen.

Die Libanesen sind ein hartherziges Volk, findet Ahmed, und sollten sich was schämen. Die Türken seien da ganz anders, besonders die in Mersin, von dort kommen nämlich unsere Vorfahren, sagt er.

Wenn du von deinen Vorfahren redest, meinst du irgendwelche Leute, die seit dreihundert Jahren tot sind, blafft Tante Zafira, also schlag dir die Idee aus deinem Kopf, denn ich werde euch ganz sicher nicht das Geld leihen, um nach Mersin zu kommen, ich habe nämlich keins.

Kein Mensch will dein Geld, antwortet Ahmed und schlägt mit der flachen Hand auf den Tisch. Ich bin ein Mann, und als Mann kann ich meine Familie ja wohl alleine ernähren, wenn man mir nur die Chance dazu gibt.

Ahmed redet oft vom Fortgehen, besonders seit der Winterregen eingesetzt hat und die Preise für Lebensmittel ins Unermessliche gestiegen sind. Inzwischen haben sich alle so an den Hunger gewöhnt, dass sie das Ziehen im Bauch kaum noch wahrnehmen, aber die wunden Stellen im Mund bleiben. Nachts, wenn der Regen durchs Dach tropft, sitzen die Erwachsenen in Zafiras Küche beim Schein einer Gaslampe, um Strom zu sparen und reden. Ahmed hat seine Gebetskette in der Hand, und die Perlen machen ein klickendes Geräusch, wenn er sie durch die Finger gleiten lässt. Ab ins Bett, sagt er zu Mahmoud und Ibrahim, es wird Zeit für euch, schlafen zu gehen. Aber im Flur ist es kalt und feucht, und zum Zudecken gibt es nichts als eine dünne Decke, und weil die Wände so dünn sind, hört Mahmoud jedes Wort, das in der Küche gesprochen wird. Er fragt sich, wo sie als Nächstes hingehen werden, und hofft, dass das, was als Nächstes kommt, besser ist als das, was jetzt ist.

Er hört, wie Zafira Kaffee aufsetzt, und weiß, jetzt wird sie gleich wieder im Kaffeesatz lesen. Und da ist es schon, das Geräusch, mit dem sie die winzige Tasse ausschlürft und dann umgedreht auf die Untertasse knallt. Auf diese Weise hat sie Mahmoud schon einen frühen Tod durch Windpocken und ein langes Leben an der Seite einer buckligen Frau mit Klumpfuß vorhergesagt – der Kaffeesatz bleibt bei diesen Dingen immer etwas uneindeutig –, aber diesmal findet sie kein Bild, egal wie oft sie die Tasse hin und her wendet.

Im Halbschlaf hört Mahmoud, wie die Erwachsenen diskutieren, und dann kann er hören, wie sein Vater in der Küche aufsteht und etwas sagt – was genau, versteht er nicht –, aber dann geht die Tür auf, und Ahmed tritt in den Flur und knipst das Licht an und sagt, aufstehen Jungs, wir packen.

Wohin wollt ihr denn gehen, fragt Zafira, die hinter ihm im Türrahmen aufgetaucht ist. Das graue Haar steht ihr wirr ums Gesicht, und im Schein der Gaslampe sieht sie viel älter aus als am Tag.

Ahmed, ich bitte dich, überleg es dir noch mal, sagt Sabiha, die hinter Zafira im Türrahmen steht, aber Ahmed sagt, nichts da, hier gibt es nichts für uns, keine Arbeit, keine Zukunft, und außerdem habe ich es satt, auf Gedeih und Verderb von jemandem abhängig zu sein, nichts für ungut, Zafira, aber ich bin ein Mann und muss meine Familie ernähren, und das werde ich auch. Und zwar in Mersin.

Auch das noch, sagt Sabiha und dreht die Augen zur Decke. Jetzt hat er wieder den Floh im Ohr mit der Stadt Mersin, kein Mensch weiß, wo das überhaupt liegt, und vermutlich sprechen die dort nicht mal unsere Sprache.

Beim Propheten, sagt nun auch Zafira, was hast du denn

dauernd mit deinem Mersin? Das ist nur wieder eine fixe Idee von dir, kein Mensch weiß, wo das überhaupt liegt, und außerdem ist ja nicht einmal gesagt, dass du dort Arbeit findest!

Haltet alle den Mund, sagt Ahmed. Wir packen und wir fahren nach Mersin, und das ist beschlossene Sache.

Dritter Teil

Mersin

Und er geht nach Süden
und er dreht sich nach Norden, und er dreht,
er dreht, er geht, der Wind, und weil er sich dreht,
kehrt der Wind zurück.

DER TALMUD

Bring mich nach Hause
Bring mich zu meinem Land
Oh Wind

FAIROUZ

Mahmoud und Ibrahim sind noch nie im Leben mit dem Omnibus gefahren, aber ihr Vater hat ihnen alles genau erklärt, und nun sitzen sie alle zusammengepfercht auf der hinteren Bank des Busses und fahren nach Mersin. Auf den Bänken vor ihnen sitzen andere Passagiere mit ihren Bündeln und Koffern. Einige von ihnen haben Säcke mit Mehl und Reis und Stapel von Fladenbroten bei sich, und ein Mann hat ein riesiges Bündel Petersilie auf dem Schoß, weshalb der ganze Bus nach Suppe riecht. Eine Frau wollte mit ein paar lebenden Hühnern in einem Käfig in den Bus einsteigen, aber der Fahrer sagte, nein, das Federvieh bleibt draußen, wo kommen wir denn da hin, am Ende kacken die mir alles voll, woraufhin die Frau ein empörtes Geschrei anstimmte und mit den Händen gestikulierte, und die Hühner gackerten und schlugen mit den Flügeln und wirbelten Staub auf. Mahmoud und Ibrahim wollten sehen, wie die Hühner gegen die Käfigstäbe pickten, aber Sabiha hielt sie bei den Hemdkragen und zog sie fort von der kreischenden Frau und ihrem Federvieh. Sie sagte, sie habe Hühner nie leiden können, die hätten alle den Pips und keiner wüsste, was sonst noch für Seuchen, und wenn die Frau mit den Hühnern in den Bus steigt, dann fährt sie nicht mit, und überhaupt sei das eine Schnapsidee mit der Stadt Mersin. Und dann begann sie zu weinen, und Ahmed sagte, jetzt reicht es aber, und schob sie alle in den Bus. Der Fahrer nahm der Frau die Hühner weg und band den Käfig oben auf dem Dach fest, wo auch die anderen Fahrgäste ihr sperriges Gepäck platziert hatten.

Mahmoud sitzt am Fenster und fragt sich, ob die Hühner auf dem Dach noch leben. Ibrahim greint, weil er am Fenster sitzen will, und Sabiha sagt zu Mahmoud, lass Ibrahim ans Fenster, sonst hört das nie auf. Mahmoud findet es ungerecht, dass er mit Ibrahim den Platz tauschen soll, nur weil er greint, und will gerade auch anfangen zu weinen, aber da langt Mutter zu ihm hinüber und kneift ihn so fest in den Arm, dass er nach Luft schnappt und hinüberrutscht, um Ibrahim ans Fenster zu lassen.

Ismael weint, weil er die Windel voll hat, und die Mutter seufzt, weil sie Heimweh hat und ihr alles zu viel ist.

Ahmed sagt, wenn wir erst in Mersin sind, wird alles besser. Er sagt das so oft, dass Mahmoud es glaubt, und immer wenn er das Gefühl hat, gleich weinen zu müssen, sagt er es sich in seinem Kopf vor: Wenn wir erst in Mersin sind, wird alles besser.

Die Fahrt von Beirut nach Mersin dauert einen ganzen Tag und eine halbe Nacht, weil die Straßen schlecht sind und die Gesamtsituation ebenfalls, vor allem wenn man Flüchtling ist und kein Zuhause hat und nicht weiß, was einen erwartet.

Draußen wird die Landschaft erst gebirgig, dann flach, dann wieder bergig und dann gar nichts mehr, weil es stockdunkel geworden ist.

Als sie in Mersin aus dem Bus aussteigen, mit klebrigen Händen und leeren Mägen, ist es mitten in der Nacht, und es regnet wie aus Kübeln. Ahmeds Bekannter Suad Tayibeh steht unter einer Gaslaterne und hält sich eine Zeitung über den Kopf, die schon ganz durchweicht ist. Herr Tayibeh ist ebenfalls aus Jaffa geflohen, und unter Flüchtlingen hält man zusammen, sagt Ahmed. Genau das ist der Grund, warum sie nun hier sind, denn Herr Tayibeh arbeitet als Schaffner bei der Eisenbahn, und mit etwas Glück und gutem Willen wird er Ahmed ebenfalls einen Job dort besorgen. Dann wird Ahmed eine Uniform und eine Mütze tragen und mit der Bagdad-Bahn auf und ab fahren, immer hin und her zwischen Mersin und Adana. Er wird sagen, guten Tag, meine Herrschaften, Ihre Fahrkarte bitte. Und er wird sagen, der nächste Halt ist Mersin.

So weit der Plan.

Ahmed hat das letzte Geld für die Busfahrt ausgegeben, und Sabiha rang schon bei dem Gedanken daran die Hände, aber Suad Tayibeh sagte, macht euch keine Sorgen, das Geld liegt in Mersin praktisch auf der Straße, und man muss es nur einsammeln. Oder vielmehr auf der Schiene, hahaha.

Überhaupt ist Suad Tayibeh ein witziger Mann, das hat Mahmoud gleich bemerkt, denn als Allererstes hat er die Zeitung, die er sich über den Kopf gehalten hat, zu einem Hut gefaltet und ihn Ibrahim auf den Kopf gesetzt, der darüber so erschrocken ist, dass er angefangen hat zu heulen.

Suad Tayibeh führt sie zu einem anderen Bus, der sie ins Stadtzentrum bringt, aber Mahmoud und Ibrahim und Ismael bekommen davon nicht mehr viel mit, weil sie vor lauter Müdigkeit die Augen nicht mehr offen halten können.

Sie erwachen in einem großen Bett, das mit einer braunen Wolldecke bedeckt ist, die nach Mottenkugeln und Kampfer riecht.

Mahmoud blinzelt und schaut sich um und hört der Stimme des Muezzins zu, der zum Morgengebet ruft. Sie liegen in einem winzigen Zimmer mit dem Bett, einem Schrank und einem Stuhl. Es gibt ein Fenster und eine Tür, und Mahmoud will wissen, was hinter der Tür ist, also steht er auf und geht hinaus, und da sitzt Mutter auf einem Kissen und trinkt Tee, und neben ihr sitzt eine fremde Frau.

Mahmoud möchte am liebsten auf den Schoß seiner Mutter klettern, aber er traut sich nicht, weil die fremde Frau da ist und ihn neugierig anstarrt, also sagt er nur, ich hab Hunger. Sabiha sagt, sei brav und warte, bis man dir etwas anbietet, aber die Frau macht keine Anstalten, ihm irgendetwas anzubieten, sie sitzt nur da, trinkt ihren Tee und guckt ihn an. Sag *Marhaba*, befiehlt Sabiha, und Mahmoud sagt

Marhaba, und die fremde Frau sagt auch *Marhaba,* und Mahmoud sagt, ich hab Hunger.

Da geht eine andere Tür auf, und Herr Tayibeh und Ahmed kommen herein, und Herr Tayibeh geht zu Mahmoud und kneift ihn in die Wange. Netter Bursche, sagt er, und Mahmoud sagt, ich hab Hunger. Schsch, sagt Sabiha, bitte benimmt dich, aber Herr Tayibeh bekommt plötzlich ein ganz finsteres Gesicht und schreit die Frau in einer fremden Sprache an. Die Frau kreischt zurück und Herr Tayibeh hebt drohend seinen Handrücken, und dann springt die Frau auf und holt endlich etwas zu essen aus der Küche.

Bitte entschuldigt, sagt Herr Tayibeh, meine Frau macht euch gleich Frühstück, und dann können wir los. Mit *wir* meint er Mahmouds Vater, denn der steht immer noch im Türrahmen und streicht sich über den Bart. Die Frau kommt mit einem Topf und einem Teller voll Fladenbrot zurück und stellt alles vor sie hin, und Sabiha sagt leise zu Mahmoud, wehe, wenn du schlingst.

Ahmed geht in das andere Zimmer und kommt mit Ibrahim und Ismael auf dem Arm zurück, und alle setzen sich um den Topf Suppe und tunken das Fladenbrot hinein und trinken siedend heißen süßen Tee in kleinen Schlucken. Keiner redet auch nur ein Wort.

Mahmoud hat noch nie so ein seltsames Frühstück gehabt, und obwohl er sich bemüht, nicht zu schlingen, bekommt er Schluckauf, und sein Vater muss ihm auf den Rücken klopfen. Durch das Feuer im Küchenherd ist das Zimmer warm und behaglich, aber Herr Tayibeh sagt, es wird Zeit, wir müssen los. Ahmed zieht sich sein gutes Hemd an und streicht sich noch mal über den Bart, und dann sind sie fort.

Sabiha sagt, die fremde Frau ist so seltsam, weil sie kein Arabisch spricht, nur Türkisch, und weil sie erst seit ganz kurzer Zeit die Frau von Herrn Tayibeh ist und weil sie noch sehr jung ist. Sie sagt zu Mahmoud und Ibrahim, sie sollen still und brav sein, oder es gibt Haue. Sie wiegt Ismael, bis er einschläft, und dann legt sie ihn aufs Bett und setzt sich wieder auf ihr Kissen. Die fremde Frau geht in die Küche und kommt mit einem Transistorradio zurück, und dann ist der ganze Raum voll Musik, und Sabiha sagt, Umm Kulthum war schon immer meine liebste Sängerin, und fängt an zu weinen, weil Umm Kulthum sie an Jaffa erinnert und daran, wie es früher war. Umm Kulthum singt von blutenden Herzen, Mutter weint, die fremde Frau starrt aus dem Fenster, und Mahmoud und Ibrahim wissen nicht, was sie tun sollen. Es ist seltsam, im Haus dieser Frau zu sein, die nie ein Wort sagt, mit einer Mutter, die immerfort weint.

Als es Abend wird, geht die Tür auf, und Herr Tayibeh und Ahmed kommen herein. Ahmed trägt eine Uniform und eine Mütze, und seine Augen blitzen, als er sich Ibrahim auf die Schultern setzt und Mahmoud in die Wange zwickt.

Ibrahim greift nach seiner Mütze und fragt, warum hast du die auf, und der Vater lacht und sagt, weil man als Schaffner schließlich was hermachen muss, sonst nehmen einen die Leute nicht ernst.

Herr Tayibeh und Ahmed hängen ihre Mützen an einen Haken an der Wand, und Sabiha seufzt und steht auf, um Ahmeds Mantel auszubürsten. Als die Männer gewaschen und umgezogen sind, müssen Ibrahim und Mahmoud Platz machen, damit sich die Großen hinsetzen und ein Glas Tee trinken können. Sie trinken ihren Tee, und Herr

Tayibeh schnappt sich Ibrahim und setzt ihn sich auf den Schoß. Er sagt, das hier ist aber ein freundliches Kerlchen, und Mahmoud geht zu ihm, weil er auch gesagt bekommen möchte, dass er ein freundliches Kerlchen ist, aber die Großen haben nur Augen für Ibrahim, weil der Grimassen schneidet und lacht.

Ich glaube, den behalte ich, sagt Herr Tayibeh und streicht Ibrahim über den Kopf, und Mahmoud muss an den Kaufmann in Beirut denken, der ihn und Ibrahim kaufen wollte.

Aber dann fängt Herr Tayibehs Frau zu heulen an, vergräbt das Gesicht in ihrem Rock. Bismillah, sagt Herr Tayibeh, jetzt geht das wieder los. Was ist denn nun schon wieder?

Aber die Frau heult und heult und sagt etwas auf Türkisch, und Herr Tayibeh entschuldigt sich und sagt, es ist nur, weil Allah uns noch nicht mit eigenen Kindern gesegnet hat, das ist das Problem.

Die Frau schluchzt, und dicke Tropfen laufen aus ihren Augen und aus der Nase, und Ahmed sagt Inshallah werdet ihr Kinder haben, einen ganzen Haufen Kinder, macht euch keine Sorgen. Was soll man auch sonst sagen?

Später, als sie alle zusammen in dem großen Bett unter der braunen Decke liegen, sagt Sabiha, diese Tayibehs sind doch komische Leute, und Ahmed sagt, komisch oder nicht, es sind jedenfalls die einzigen Freunde, die wir haben.

Jeden Tag steht Ahmed auf, zieht seine Uniform an und geht mit Herrn Tayibeh zum Bahnhof von Mersin, wo er in einen Zug steigt und den ganzen Weg nach Adana über Fahrkarten kontrolliert. Und jeden Tag sitzen Sabiha und

Frau Tayibeh im Wohnzimmer bei zugezogenen Vorhängen und trinken Tee und sagen kein Wort zueinander, weil sie einander ohnehin nicht verstehen. Mohammad und Ibrahim spielen Verstecken in den Vorhängen und werden von Tag zu Tag unausstehlicher, wie Sabiha feststellt. Ismael hat eine laufende Nase und schreit.

Wenn der Abend kommt, tauchen in allen Hauseingängen Kinder auf, die unter den Gaslaternen spielen, aber Sabiha erlaubt Mahmoud und Ibrahim nicht, hinauszugehen und zu spielen, weil sie sagt, die haben alle Krätze, und wer weiß, was sonst noch für Seuchen, und überhaupt ist diese ganze Stadt verdorben. Mahmoud und Ibrahim stehen am Fenster und schauen auf die Straße und die Kinder, und Sabiha macht ein mürrisches Gesicht, und Mahmoud weiß genau, dass es hat keinen Sinn hat, mit der Mutter zu diskutieren, wenn sie so ein Gesicht macht.

Am Ende jeder Woche bringt Ahmed einen Papierumschlag in der Manteltasche mit, und darin liegen einige Geldscheine. Es ist sein Lohn, den er fürs Fahren mit der Eisenbahn erhält und für das Kontrollieren der Fahrkarten. Jede Woche zählt Ahmed die Scheine ab und gibt Suad Tayibeh einen dicken Packen davon. Den spärlichen Rest legt er sich unter das Kopfkissen.

Einmal hat Ahmed sie mitgenommen zum Bahnhof, damit sie die Züge ansehen und eine Limonade trinken konnten. Der Bahnhof von Mersin ist ein hübsches gelbes Gebäude direkt am Meer, mit einem leuchtend roten Dach und hohen Fenstern. Dahinter befinden sich die Gleise, und als Mahmoud die Lokomotive sieht, bleibt ihm der Mund offen stehen. Es ist das schönste Ding, das er je gesehen hat.

Der ganze Bahnhof ist voller Menschen in eleganter Kleidung, die Koffer tragen und einander Guten Tag und Auf Wiedersehen sagen, und dazwischen laufen Jungens herum, die fragen, brauchen Sie einen Kofferträger, meine Dame, oder möchten Sie Ihre Schuhe geputzt haben, mein Herr? Und Mahmoud wünscht sich nichts sehnlicher, als einer dieser Jungen zu sein, die den lieben langen Tag an der frischen Luft sind und zwischen den Zügen hin und her laufen, als wäre es das Selbstverständlichste von der Welt.

Die Lokomotiven stoßen Dampf aus, und immer wenn ein Zug einfährt, gibt er einen hohen Pfeifton von sich und ein maschinenartiges Stampfen und Ruckeln und Stottern und Dröhnen in einem Rhythmus, der Mahmouds Herz antreibt und ihn vor Aufregung zittern lässt. Wie elektrisiert steht er auf Zehenspitzen am Bahnsteig mit weit aufgerissenen Augen und gespreizten Fingern.

Mashallah, sagt Herr Tayib, nervöses Kind, was? Komm, kleiner Mann, ich zeig dir die Lokomotive, die pfeift dir ein Lied, dass es dir das Hirn aus dem Kopf pustet.

Solange es ihn nicht ins Gleisbett pustet, murmelt Sabiha und beeilt sich, mit Ismael auf dem Arm mit Herrn Tayibeh Schritt zu halten. Bei der Lokomotive packt sie Mahmoud am Hemdkragen und lässt nicht los, sosehr er auch zappelt und bettelt.

Ich will nicht, dass meine Jungs unter die Räder von dieser Höllenmaschine kommen, sagt sie und bleibt rigoros bei ihrer Weigerung, selbst als die Männer die Lokomotive besteigen und ihnen von oben zuwinken.

Mahmoud hüpft auf dem Bahnsteig auf und ab und kann sich kaum beruhigen, selbst als Sabiha ihre Fingernägel in seine Schultern gräbt und zischt, hör mit dem Herumhopsen auf, sonst geb ich dir was zu zappeln.

Ahmed sagt, diese Eisenbahn fährt bis nach Bagdad, und wenn es nach den tapferen Osmanen gegangen wäre, von denen wir übrigens unseren Namen haben, dann wäre man mit der Bagdad-Bahn sogar bis ins ferne Berlin gekommen.

Mahmoud hat keine Ahnung, wo Bagdad und Berlin liegen, aber die Worte klingen ihm in den Ohren nach, und für den Rest des Tages ist er wie beseelt und flüstert vor sich hin: Berlin–Bagdad, Berlin–Bagdad.

Mahmoud und Ibrahim spielen auf dem Platz vor dem Bahnhof Schaffner und tun so, als würden sie von Berlin nach Bagdad reisen, und Ibrahim darf die Lokomotive sein und schreit Tuuut-tuut, bis sich die Leute nach ihnen umdrehen und lächeln und sagen, das sind ja zwei nette Jungen, hinreißend.

Ahmed sagt zu Herrn Tayibeh, die Türken sind das stolzeste und tapferste Volk auf der ganzen Welt, viel gewiefter als die dummen Araber, die ohnehin immer so leicht debil sind, und wenn es nach ihm ginge, würde er den ganzen Weg von Bagdad nach Berlin zu Fuß marschieren, wenn ihm dadurch nur die türkische Staatsbürgerschaft verliehen würde.

Sabiha sagt, Allah steh uns bei.

Sabiha sagt, sie hält es nicht mehr aus, den ganzen Tag mit Frau Tayibeh dazusitzen, die nie etwas sagt, und kein Kino oder mal ein wenig Zerstreuung weit und breit.

Ahmed sagt, es ist unmöglich, dass wir umziehen, hast du eine Ahnung, wie hoch die Mieten hier sind, Frau?

Sabiha sagt, das sei ihr völlig einerlei, aber keinen Tag länger halte sie es aus, auf Gedeih und Verderb von anderen Leuten abhängig zu sein und ihnen das viele Geld in den Rachen zu werfen für das bisschen Suppe und das durchgelegene Bett.

Sie hat Ismael auf dem Arm und geht wippend mit ihm in dem winzigen Zimmer auf und ab, weil er brüllt wie am Spieß und weil das Brüllen Frau Tayibeh aufregt und weil dann niemand mehr eine ruhige Minute hat.

Mahmoud beobachtet seine Mutter, wie sie ruckelnd auf und ab marschiert (zwei Schritte vor, wippen, umdrehen, zwei Schritte zurück, wippen und das Ganze von vorne), und wünscht sich, dass sein Vater sagt, also gut, ziehen wir um. Aber Ahmed verlässt nur wortlos das Zimmer, was Ibrahim die Gelegenheit verschafft, aufs Bett zu klettern und darauf herumzuspringen, bis Sabiha hinüberlangt und ihm eine knallt. In letzter Zeit kassiert Ibrahim viele Ohrfeigen, aber das macht ihm gar nichts aus, er kann einfach nicht aufhören, Dinge zu tun, die er nicht tun sollte.

Mahmoud geht hinüber ins andere Zimmer, um bei seinem Baba ein Weilchen auf dem Schoß zu sitzen und sich von ihm sagen zu lassen, dass er ein lieber Junge ist, aber sein Vater ist nirgendwo zu finden, und stattdessen sitzt da Frau Tayibeh und bedeutet ihm, das Feuer im Herd zu schüren.

Mahmoud greift nach dem Schürhaken, öffnet die Klappe und stochert ein bisschen in der Glut herum, bis ein paar Stücke glühende Kohle heraus- und auf den Fußboden fallen. Mahmoud sieht ein Weilchen zu, wie die orangefarbene Glut den Fußboden schwärzt, und auf einmal gibt es eine

Flamme und eine Menge Rauch, und Frau Tayibeh kommt angerannt, brüllt ihn an und schubst ihn vom Herd weg. Es hat keinen Sinn, ihr zu sagen, dass er noch nie ein Feuer in einem Herd geschürt hat, sie haut ihm ja doch nur auf den Kopf und schreit herum. Mahmoud kann nur schwer einsehen, dass sich Erwachsene derart über Kleinigkeiten aufregen können, während sie andererseits kein bisschen Verständnis für Kinder aufbringen, vor allem nicht für Kinder, die den ganzen Tag nichts anderes zu tun haben, als die Tapete im hinteren Zimmer von der Wand zu knibbeln. Genau das tut Ibrahim nämlich immer, wenn niemand hinsieht.

Als Frau Tayibeh das herausbekommt, fängt sie derart an zu schreien, dass man glaubt, das Haus stürze ein, und sie läuft ganz rot an und fuchtelt herum, und als Nächstes sitzen sie alle auf der Straße und haben kein Dach mehr über dem Kopf.

Sabiha hat gesagt, dass sie keine Sekunde länger mit dieser Furie in einem Haus leben kann, und Ahmed sagt, das müssten sie jetzt ja nicht mehr, Ibrahims flinken Fingern sei Dank. Herr Tayibeh hat Ahmed verlegen auf die Schulter geklopft und ihm alles Gute gewünscht und gesagt, die Frauen als solches sitzen einfach am längeren Hebel, und nichts für ungut, und wenn ihr was braucht, ihr wisst ja …

Zum Glück hat Ahmed den Job bei der Eisenbahn.

Die neue Wohnung liegt in der Nähe des Hafens und hat ein Zimmer, das gleichzeitig die Küche, das Schlafzimmer und das Wohnzimmer ist. Außerdem gibt es noch einen sehr kleinen Raum mit einem Loch im Boden, das ist das Klo. Mutter klagt, dass die Wohnung keinen Salon hat, denn wie soll man so Gäste empfangen, aber da sie ohnehin niemanden in der Stadt kennen außer den Tayibehs, erübrigt sich das Problem, wie Ahmed erklärt.

Das Fenster ist undicht, und es zieht, und vom Hafen her wehen Gerüche von Fisch und Tang und Schwindsucht und der großen, weiten Welt ins Zimmer. Der Herd raucht, weil er mit Kohle beheizt wird, und aus dem Klo kommt ein seltsamer Geruch, aber immerhin haben sie ein Dach über dem Kopf, und das alleine sollte Grund genug sein, dankbar zu sein.

Es gibt keine Möbel, aber die früheren Mieter haben eine Matratze dagelassen, und Ahmed hat von irgendwoher ein paar Stühle und Decken besorgt, und damit sind sie so gut ausgestattet, wie man es unter den gegebenen Umständen eben sein kann.

In der ersten Nacht wacht Mahmoud auf, weil er träumt, dass ihm jemand über das Gesicht läuft, und als er die Augen aufschlägt, sieht er, dass eine Ratte am Fußende der Matratze sitzt und sich mit zierlichen Bewegungen das Gesicht putzt. Im Mondlicht kann Mahmoud die ganze Doppelmatratze überblicken, als wäre sie eine Insel mit fünf Bewohnern. Sechs, wenn man die Ratte mitzählt.

Natürlich wachen bald darauf auch die anderen auf, und es gibt ein großes Geschrei. Ibrahim brüllt Ah, ah, Mami. Ahmed setzt sich im Bett auf. Was ist, mein Sohn, was schreist du so? Da, sagt Ibrahim und zeigt auf die Ratte, die eben noch da war, jetzt aber schnell wie die Eisenbahn durchs ganze Zimmer huscht. Ahmed rennt los und sucht einen Stock, um die Ratte totzuschlagen, Sabiha packt Ismael und flüchtet auf den einzigen Stuhl im Raum und schreit, dass Ahmed sich mit dem Stock beeilen soll. Mahmoud und Ibrahim klammern sich aneinander fest und rufen, da ist sie! Ah, dort ist sie. Sabiha stöhnt, o Allah, kommen wir denn nie zur Ruhe!

Nachdem die Ratte totgeschlagen und in den Hof geworfen wurde und Ismael mit ein paar Löffeln Milchbrei und einer frischen Windel beruhigt wurde, erklärt Ahmed, die einzige Art, Ratten zu vertreiben, bestehe darin, auf penible Sauberkeit zu achten und Gift auszulegen. Sabiha sagt, Gift kommt ihr nichts ins Haus, denn sie hätte gerne, dass ihre Söhne die Kindheit überleben, und was die Sauberkeit angeht, so sieht sie das Problem in dieser Stadt als solches, denn Mersin sei außen hui und innen pfui, was man ganz klar daran sehen könne, dass die Ratten hier groß wie Kaninchen würden und trotzdem durch die Abwasserschächte kletterten. In Jaffa hat es so etwas nicht gegeben, behauptet Sabiha.

Ahmed hält dagegen und hebt zu einem Vortrag darüber an, dass Mersin die mit Abstand sauberste und schönste Stadt der Welt sei, dazu muss man sich nur mal die Boulevards und die Strandpromenaden ansehen, und wer etwas anderes behauptet, hätte keine Ahnung, und Sabiha schnaubt und sagt, sie pfeift auf die Boulevards von Mersin, sie will nach Hause.

Mahmoud ist dafür, denn er will auch nach Hause, am liebsten mit der Eisenbahn. Wenn er darüber nachdenkt, wo zu Hause ist, kommt er immer ein wenig durcheinander, denn in seiner Erinnerung vermischen sich Jaffa und Beirut und Mersin, aber er erinnert sich sehr deutlich daran, wie das Leben sich anfühlte, als seine Mutter noch glücklich war, und deswegen pflichtet er ihr immer bei, wenn Sabiha sagt, dass sie nach Hause will.

Ahmed sagt, morgen wird er Borsäure kaufen und ins Klo schütten und damit würde das Problem dann mit an Sicherheit grenzender Wahrscheinlichkeit gelöst, und jetzt schlaft und gebt Ruhe.

Am nächsten Tag kommt Ahmed von der Arbeit und trägt einen großen Kanister. Mahmoud und Ibrahim laufen ihm auf der Straße entgegen, aber Ahmed sagt, bleibt weg von dem Kanister, da ist Säure drin und davon wird man blind.

Ein Mann kommt vorbei und will wissen, warum Ahmed Borsäure durch die ganze Gasse schleppt. Bei Allah, sagt er, ich habe noch nie gehört, dass Borsäure eine Kur gegen Ratten sein soll. Die sind eine echte Qual, das weiß ich wohl, doch mit Säure kommen Sie nicht weit. Was Sie tun müssen, ist die Löcher zumauern, das müssen Sie tun. Wissen Sie denn nicht, Mann, dass die Ratten sich Schächte bauen, groß wie Städte, und was Sie dann haben, mein Herr, das ist eine Stadt innerhalb, oder vielmehr unterhalb der Stadt. Hier direkt unter unseren Füßen befindet sich eine solche Stadt gewaltigen Ausmaßes, ersonnen, erdacht und erbaut von der perfidesten Spezies, die diesen Planeten je bevölkert hat, der gemeinen Hausratte, und der einzige Weg, diesen Plagegeistern beizukommen, ist es, ihnen alle Wege in unsere Welt abzuschneiden – konsequent. Mauern Sie, Mann, mauern Sie, was das Zeug hält. Verschließen Sie jede Ritze, jedes Loch, ganz gewiss aber jeden Schacht, denn die Ratten übertragen nicht nur die Beulenpest, Allah steh uns bei, sondern auch die Schwindsucht, und davon bekommt man einen Husten, der so kräftig ist, dass er einen fast vom Stuhl haut.

Ahmed sagt, Sie haben nicht zufällig eine Zigarette?

Eine Zigarette, aber sicher, aber sicher, hier, nehmen Sie, guter Mann, ich mag Männer, die eine gute Zigarette zu schätzen wissen, übrigens, höre ich da einen Akzent in Ihrem geschliffenen Arabisch heraus? Aus welcher Stadt kommen Sie, mein Herr?

Als Ahmed hochtrabend erklärt, er stamme aus Jerusalem, verbeugt sich der Mann respektvoll.

Ich selbst stamme aus Damaskus, wie Sie unschwer meinem Dialekt entnehmen können, aber ich lebe hier in Mersin schon seit über dreißig Jahren. Das Türkische ist tückisch, glauben Sie mir, doch es wird sich nicht vermeiden lassen, die Sprache zu lernen. Nur wenn man des Türkischen mächtig ist, wird man es in dieser Stadt zu etwas bringen.

Ahmed antwortet, das weiß er wohl, denn ein paar seiner Vorfahren stammten von hier, und soweit es ihn betrifft, ist die Stadt Mersin der schönste Ort der Welt, gleich nach Mekka, versteht sich.

Mahmoud und Ibrahim sperren Mund und Augen auf, denn sie hören zum ersten Mal, dass Vaters Familie aus Mersin stammt.

Das sind ein paar prachtvolle Burschen, die Sie da haben, sagt der Mann und beugt sich zu Mahmoud und Ibrahim hinunter, um sie in die Wangen zu kneifen. Aus denen werden bald ein paar prächtige junge Türken werden.

Mahmoud und Ibrahim sind entzückt über diese Aussicht, und der Mann sagt, so, ich werde Sie nun wieder Ihrer

Arbeit überlassen, und vergessen Sie nicht, was ich Ihnen gesagt habe: Mauern Sie das Ungeziefer ein!

Er geht o-beinig davon, die Zigarette im Mundwinkel, und winkt zum Abschied.

Ahmed sagt, die Männer in dieser Stadt reden zu viel, aber es sind anständige Menschen. Kommt, Jungs, wir gehen nach Hause.

Sabiha sitzt vor dem Herd und füttert Ismael mit Milchbrei. Mahmoud erzählt ihr von dem Mann und davon, dass man die Rattenlöcher zumauern muss.

Das Loch, aus dem die Ratten kommen, ist unser Klo, sagt sie, und wenn wir das zumauern, wohin sollen wir dann gehen, hast du dir das mal überlegt?

Ahmed streicht sich über den Bart und sagt, manchmal überraschst du mich, Frau.

Dann geht er und schüttet die Borsäure ins Klo, denn manchmal bleibt einem eben nur das Zweitbeste zu tun und zu beten.

Der Sommer kommt, und Mahmoud und Ibrahim spielen jeden Tag draußen auf der Straße. Die anderen Kinder zeigen mit dem Finger auf sie und lachen, weil die beiden kein Türkisch können, aber da macht Ibrahim den Mund auf und stößt eine Reihe türkische Flüche aus, und allen Kindern in der Gasse bleibt der Mund offen stehen. Von dem Tag an spricht Ibrahim Türkisch, obwohl ihm das niemand beigebracht hat, und die Leute in der Nachbarschaft sagen, schaut euch den Knirps an, der flucht besser als die Männer unten am Hafen.

Sabiha beklagt sich oft, weil sie den ganzen Tag alleine in

der dunklen und zugigen Wohnung sitzt und kein einziges Wort Türkisch kann, deswegen müssen Mahmoud und Ibrahim mitgehen, wenn sie einkauft. Mahmoud trägt den Korb, und Ibrahim hüpft vorneweg und plappert auf Türkisch vor sich hin, und Ahmed staunt und sagt, Ibrahim ist wirklich ein kluges kleines Kerlchen.

Ach, sind die niedlich, sagt die Händlerin auf dem Markt, als sie Mahmoud und Ibrahim sieht, doch sobald Sabiha den Mund aufmacht, dreht sie sich weg.

Die Nachbarinnen versuchen, Sabiha in ein Gespräch zu verwickeln, doch sobald sie mitbekommen, dass sie nur Arabisch spricht, drehen auch sie ihr den Rücken zu und beginnen zu tuscheln.

Flüchtlinge sind sie, und Flüchtlinge bleiben sie, egal wie sehr Ahmed darauf beharrt, dass sie in erster Linie Osmanen sind, qua Namen und qua Herkunft. Osmanen halten zusammen, erklärt er ein ums andere Mal, denn schließlich gäbe es Ehre und Brüderlichkeit unter den Muslimen. Sabiha sagt, Männer könnten manchmal wahrlich Narren sein.

Sie kann kaum noch gehen, weil sie immer dicker wird, und sie wird auch immer müder und blasser. Inzwischen schläft sie fast nur noch, und wenn sie aufwacht, hustet sie und weint, weil sie ihre Familie so sehr vermisst.

Wenn Ahmed von der Arbeit nach Hause kommt, kocht er Suppe. Esst, Jungs, esst. Wir sind zwar in der Fremde, und wir sind arm, aber immerhin haben wir ein Dach über dem Kopf und Essen auf dem Herd. Eines Tages werden wir unser Land zurückbekommen und dann geht es ab nach Hause, sagt Ahmed und klopft auf seine Westentasche, wo er immer noch den Schlüssel zu ihrem alten Haus aufbewahrt.

Sabiha steht am Herd und stöhnt. Das Haar hängt ihr feucht ins Gesicht, und um ihre Augen sind dunkle Ringe, und ihre Augen tränen vom Kohlerauch in der Küche. Kannst du die Jungs nicht in Ruhe lassen, sagt sie. Bei Allah, ist es denn nicht genug, dass sie kaum noch Arabisch können, musst du ihnen dann noch diese Flöhe ins Ohr setzen?

Ich will, dass Männer aus ihnen werden, sagt Ahmed. Ich will, dass sie bereit sind und zu ihrem Land stehen. Eines Tages werden wir frei sein von der Tyrannei, und dann können wir wieder erhobenen Hauptes hinausgehen.

Sabiha gibt nicht klein bei, sie will zu ihrer Familie. Ahmed entgegnet, das ist unmöglich, denn in Beirut haben wir nichts, rein gar nichts. Keine Arbeit, kein Zuhause, keine Zukunft. Schlag dir den Gedanken aus dem Kopf, Frau. Unsere Zukunft liegt hier.

Das ist mir egal, sagt sie, meine Familie ist dort und nicht hier, und zu Hause ist da, wo die Familie ist, und sei sie auch noch so schlimm. Sie will nicht, dass ihre Söhne in der Fremde und in dieser bitteren Armut aufwachsen müssen, wo es keine Zukunft für sie gibt und keinen, der mal ein freundliches Wort an einen richtet. Sie hält sich den Bauch und weint, und Ahmed sagt, weine nicht, Sabiha, wein doch nicht.

Am Morgen zündet Ahmed das Feuer an, und er sagt zu Mahmoud, du musst dich heute um deine kleinen Brüder kümmern, denn Mutter ist krank und muss ins Krankenhaus.

Sabiha sagt gar nichts, sie zieht nur scharf die Luft ein, dreht die Augen zur Decke und stöhnt.

Als sie zur Tür hinaus sind, hebt Mahmoud Ismael aus dem Bett und zieht ihm sein Hemdchen an. Ismael sagt, Mami, Mami, und Mahmoud sagt, Scht, aber Ismael fängt an zu weinen, weil er Hunger hat. Sie holen Brot aus der Tüte und setzen sich auf den Boden, aber dann wissen sie nicht, was sie danach tun sollen, und Ismael fängt wieder an zu weinen. Mami, sagt er und streckt die Hände aus, damit Mahmoud ihn hochnimmt, aber die Mutter ist nicht da, und Mahmoud hat keine Ahnung, wann sie wiederkommt.

Da geht die Tür auf, und Herr Tayibeh kommt herein. Na so was, sagt er, als er das Durcheinander auf dem Küchenboden sieht. Wo sind denn eure Eltern?

Weg, sagt Ibrahim. Mutter ist krank, sagt Mahmoud. Sie hat nur noch die Augen zur Decke gedreht und *Och* gesagt.

Was redest du da für einen Unsinn, sagt Herr Tayibeh. Eure Mama bekommt ein kleines Brüderchen für euch, das ist doch schön.

Gar nicht schön, mault Ibrahim.

Habt ihr niemanden, der auf euch aufpasst?

Ich pass auf, sagt Mahmoud.

Und der Kleine? Wie heißt er noch mal?

Ismael.

Ja, den meine ich. Er hat keine Windel an. Sollte der nicht normalerweise eine anhaben?

Mahmoud sieht Ismael an. Unter ihm ist eine Pfütze. Herr Tayibeh sucht nach einer Windel und bindet sie Ismael um den Po. So, sagt er, das wäre erledigt. Und nun kommt, zieht euch an. Ich bringe euch zu mir nach Hause, meine Frau gibt euch was Anständiges zu essen.

Frau Tayibeh sitzt im Wohnzimmer und sagt Uff, als

sie hereinkommen. Herr Tayibeh hebt drohend die Hand, und dann steht sie auf und kommt mit einem Tablett Brot und Tee zurück. Schon wieder Brot, sagt Ibrahim, aber Mahmoud stößt ihn in die Rippen, damit er still ist, denn er will nicht, dass Frau Tayibeh wieder Uff sagt und einen womöglich haut. Sie seufzt trotzdem, als sie den Tee einschenkt, und dann sagt Herr Tayibeh, diese Frau bringt mich noch ins Grab, bevor er sich umdreht und zur Arbeit geht.

Es wird langsam dunkel, und Mahmoud fragt sich, ob wohl jemand Feuer im Herd macht und Ismael eine neue Windel umbindet, denn der Tee ist längst kalt, und Ismael fängt an zu riechen, aber er traut sich nicht, und nach einer langen Weile geht die Tür wieder auf und Herr Tayibeh kommt zurück. Er bleibt stehen und schnuppert und will wissen, was hier so riecht, und Mahmoud sagt, das ist Ismael und seine Windel. Herr Tayibeh stößt ein komisches Lachen aus und sagt, och, Mahmoud, deine Mama ist sehr krank und dein Brüderchen ist noch nicht da, also geht schnell nach Hause und wartet auf euren Baba, er wird bald kommen.

Der Vater wartet zu Hause, als sie ankommen, und er sagt, och, Jungs, eure Mama ist sehr krank. Seine Hände zittern, als er das sagt.

Wo ist unser Bruder, fragt Mahmoud.

Da hebt Ahmed Mahmoud und Ibrahim auf seinen Schoß und umarmt sie so fest, dass es wehtut. Ahmeds Schultern zucken, und ein komisches Geräusch kommt aus seinem Hals, und da begreift Mahmoud, dass sein Vater weint, und es erschreckt ihn so sehr, dass er auch anfängt zu weinen. Mahmoud weint und Ibrahim weint und Ismael brüllt, und der Vater sagt, es ist schon gut, Jungs. Ist schon gut.

Das Baby hat Mohammad geheißen, weil das der Name des Propheten ist. Sie haben ihn in ein weißes Laken gewickelt und in die Erde gelegt, und da liegt er und weiß gar nicht, wie viel Leid sein kleiner Tod verursacht hat, weil er nicht lange genug gelebt hat, um zu begreifen, was Liebe ist.

Es dauert lange, bis Sabiha aus dem Krankenhaus zurückkommt, und als sie dann kommt, ist kein Geld für Gas oder Kohlen da und auch keins für Essen, weil das Krankenhaus so teuer war. Abends sitzen sie beim Schein einer Kerze in der Küche und essen Brot mit Hummus, und Ahmed sagt, es ist gut, dass er die Arbeit bei der Eisenbahn hat, denn ansonsten sähe es düster aus für sie, bei den teuren Arztrechnungen.

Sabiha sagt gar nichts, sie sitzt im Bett und hat Ismael auf dem Arm und blickt nicht hoch.

Auch am nächsten Tag steht Sabiha nicht auf und in den nächsten Wochen auch nicht. Sie sitzt immer nur im Bett und schaut die Wand an.

Ahmed macht sich nicht einmal die Mühe, seine Tränen abzuwischen, er füllt Reis und Brühe in die Teller für die Kinder, und dann stellt er sich ans Fenster und sieht lange hinaus.

Am nächsten Tag arbeitet Ahmed länger als gewöhnlich, und auch in den folgenden Wochen arbeitet er bis spät in die Nacht, und wenn er nach Hause kommt, kocht er Suppe und weckt die Kinder, damit sie endlich etwas essen, denn die Mutter kann noch immer nicht aufstehen.

Nachts hört Mahmoud sie leise weinen.

Als der Sommer am heißesten ist, haben sie alle Durchfall. Das Wasser riecht faulig, und die Ratten sind zahlreicher denn je. Ismael hat überall rote Flecken und Schorf, und Mahmoud und Ibrahim sind schrecklich mager geworden, weil sie die Nahrung nicht verdauen können, sagt der Arzt, der schließlich kommt und allen Medizin gibt. Das sieht nicht gut aus, sagt er und hält Ibrahims dünnen Arm hoch, damit alle sehen können, wie schlecht es aussieht.

Ahmed gibt ihm einen Umschlag mit Geldscheinen und sagt, *Allah yahmik*, Gott segne Sie.

Ahmed, sagt Mutter schließlich. Ahmed.

Ist gut, Sabiha, sagt Ahmed. Ist gut. Fahrt.

***

Mersin!, ruft mein Onkel Youssef durchs Telefon, als ich ihn frage, ob er sich daran erinnern kann, dass die Familie einmal dort gelebt hat. Ich habe nicht den leisesten Schimmer von der Stadt Mersin, du etwa? Ich auch nicht, sage ich, aber eine Familienlegende will wissen, dass ein paar unserer Vorfahren von dort stammten, und war da nicht etwas mit einem Baby?

Oh, sagt Youssef. Ja, das stimmt. Aber das war weit vor meiner Geburt, weißt du?

Ich rufe Onkel Ibrahim in Dearborn, Michigan an, und er sagt, es sei erstaunlich, wie schnell man vergessen kann, woher man kommt, wenn man ein Kind ist und wenn man wie ein Vagabund von einem Ort zum anderen zieht.

Zeynep sagt, ihr Vater Mahmoud hätte so viel darüber erzählen können, aber sie habe ihm nicht zugehört. Ich wünschte, ich hätte es, sagt sie.

Wir alle wünschten, wir hätten zugehört, sage ich.

Mein Onkel Mahmoud war derjenige, der Großvater Ahmeds Traum als Erstes wahr gemacht hat und die türkische Staatsbürgerschaft bekam. Es ist nicht genau überliefert, wie er das angestellt hat, jedenfalls verdingte er sich jahrelang in der türkischen Armee, und zur Belohnung gab es wohl einen Pass. Oder genauer gesagt acht Pässe, denn Onkel Mahmoud hatte in der Zwischenzeit geheiratet und mit seiner Frau Fatma sechs Kinder in die Welt gesetzt, darunter Zeynep, die Jüngste.

Fühlst du dich eigentlich als Türkin?, fragte ich sie einmal, und sie schaute mich an und fragte, wie kommst du darauf? Mahmouds Familie spricht eine verrückte Mischung aus Arabisch und Türkisch, und bei einem meiner Urlaube dort hatten es sich alle meine Cousinen zur Aufgabe gemacht, mir die spärlichen Sätze Arabisch zu entlocken, die ich kann. Als ich zu einem Monolog in geschliffenem Hocharabisch anhob, in dem es darum ging, dass ich »das Arabische studiere an der ehrwürdigen Universität« und dass ich »zwölf Orangen zum Preis von zehn Piastern« kaufen möchte und dass ich gerne »Kaffee, Tomaten, Reis und Äpfel« zum Abendessen hätte, lagen alle vor Lachen unter dem Tisch, weil ich das »R« nicht rollen kann. Genau wie Sabah, sagte Zeynep und deutete auf ihre ältere Schwester, die auf dem Sofa saß und grinste. Mein Cousin Ahmed hob einen Zeigefinger und merkte an, dass auch Ibrahim und Youssef je ein Kind gezeugt hätten, das das »R« nicht rollen kann, nämlich unsere Cousine Rania (was dumm ist, wenn man den vermaledeiten Buchstaben sogar im Vornamen trägt) und unsere Cousine Lina, wenn uns nicht alles täuscht. Diese Sprachbehinderung ist also erblich, stellten wir fest. Und dann brachten sie mir türkische Schüttelreime und Zungenbrecher bei, und ich revanchierte mich mit dem Klassiker von Fischers Fritz und seinen Fischen. Mein Onkel Mahmoud machte mit, und sein Schnurrbart wackelte beim Lachen und seine Augen blitzten, und es war schön, ihn so fröhlich zu sehen.

Mahmoud hätte uns alles über seine Zeit in Mersin erzählt, wenn wir nur zugehört hätten. Das wenige, was er darüber aufschrieb, ist nicht der Rede wert: Von der bitteren Armut schrieb er, von Krankheiten und Hoffnungslosigkeit. Von der Eisenbahn. Vom Tod seines kleinen Brüderchens. Und davon, dass sie schließlich ihre wenigen Habseligkeiten packten und zurück nach Beirut zogen.

Vierter Teil

Beirut

»Und was ist ein Geist?
Eine unerledigte Geschichte, weiter nichts«

SALMAN RUSHDIE

Wir tragen unsere Geschichte mit uns.
Wir sind unsere Geschichte.

JAMES BALDWIN

Sie sitzen im Bus nach Beirut, Mahmoud, Ibrahim, Ismael und Sabiha. Ahmed hat das allerletzte Geld für den Doktor ausgegeben, weshalb sie sich von Herrn Tayibeh Geld für die Fahrkarten leihen mussten. Ahmed steht draußen und winkt und weint und hebt sein weißes Taschentuch, und die anderen Männer auf dem Busbahnhof müssen kommen und ihm auf die Schultern klopfen und ihn am Arm stützen, weil er so verzweifelt ist. Sabiha winkt, aber sie weint erst, als sie aus der Stadt hinausfahren, dann aber richtig. Sie weint die ganze Fahrt über, weil sie krank ist und Schmerzen hat, weil sie ohne ihren Mann nach Beirut fahren muss und weil ihr kleiner Mohammad tot und begraben in der fremden Erde liegt, mit nichts als einem Handtuch um und niemandem, der ihn wärmt. Sabiha zieht Mahmoud an sich und weint ihm auf den Kopf, und als er sich losmacht, zieht sie Ibrahim zu sich und weint noch mehr. Sie klammert sich an Ismael fest, der auf ihrem Schoß sitzt, und sagt, ihr seid das Einzige, was ich noch habe, und mehr sagt sie nicht auf der ganzen langen Fahrt nach Beirut.

Tja, da seid ihr ja wieder, sagt Sabihas Schwester Suleika, als sie im Haus von Tante Zafira ankommen. War ja klar, dass ihr es in Mersin nicht schaffen würdet mit diesem Nichtsnutz von Eisenbahnschaffner. Aber glaubt bloß nicht, dass wir euch hier durchfüttern, wir haben ja selbst kaum was.

Suleika und ihre Familie haben den Platz besetzt, der früher Sabiha und ihren Söhnen gehört hat, die Matratze im Flur.

Dass du dich nicht schämst, Suleika, sagt Tante Zafira, wo die arme Sabiha so viel durchmachen musste. Ein paar Löffel Suppe kannst du ihnen wohl abgeben, das wird dich kaum umbringen, fett, wie du bist.

Pah, erst sind es nur ein paar Löffel Suppe, und als Nächstes wollen sie einen Kuchen und treten uns die Tür ein, wenn sie sich Zucker ausborgen wollen. Aber nun gut, ruht euch aus, ihr könnt die zweite Matratze haben.

Danke, Suleika, sagt Sabiha und lässt sich auf den Diwan fallen.

Tante Zafiras Wohnung ist immer noch gerappelt voll mit Cousinen und Cousins. Sie mustern Mahmoud und Ibrahim so kritisch, als wären sie nicht eben frisch aus Mersin mit dem Bus gekommen, sondern vom Mond gefallen. Das liegt hauptsächlich an Ibrahim, der es nicht lassen kann, alle auf Türkisch anzuschreien, obwohl er erst fünf ist. Immer wenn er mit den Cousins einen Streit anfängt, muss Mahmoud kommen, und sich für ihn entschuldigen, und das kommt oft vor. Meistens streiten sie darüber, wer bestimmen darf, was gespielt wird, und am Ende gewinnt immer Ibrahim. Abends versammelt sich die ganze Familie in der Küche, wo die Frauen Gemüse putzen und schälen und schneiden und schwatzen, aber es ist nie genug Essen da, um alle satt zu bekommen. Sabiha hat fast ganz aufgehört zu essen und gibt ihre Ration den Jungs ab. Es reicht trotzdem nicht.

Jeden Abend mault Suleika, dass es zu viele hungrige Mäuler in diesem Haus gibt, und dabei sieht sie Sabiha an, aber die tut so, als höre sie nichts. Sie geht ins hintere Zimmer, kämmt ihr schwarzes Haar zurück und bindet sich ein sauberes Kopftuch um. Kommt mit, sagt sie zu Mahmoud und Ibrahim, und dann gehen sie hinunter auf die Straße und bis hinüber zum Bab-Idriss-Platz, wo frische Schnittblumen und Süßigkeiten verkauft werden und wo man für ein paar Augenblicke vergessen kann, wie hart das Leben ist. Sie sehen sich die Auslagen in den Geschäften an und die hübschen Kleider der Frauen, die auf dem Platz flanieren, und dann bekommt Sabiha einen ganz träumerischen Blick.

Auf dem Rückweg kommen sie beim Eisenwarenhändler vorbei, und Ibrahim bleibt stehen und stimmt ein solches Gebrüll an, bis der Händler hinter seinem Tresen hervorkommt und auf die Straße tritt. Beim Propheten, sagt er, was ist denn hier los? Was brüllst du so, mein Junge?

Sabiha packt Ibrahim bei der Hand und schüttelt ihn, damit er still ist, aber das spornt ihn nur an, und er schraubt das Geheul noch ein paar Oktaven höher.

Nanu, sagt der Händler und nimmt Mahmoud und Ibrahim etwas genauer in Augenschein. Euch kenne ich doch, sagt er und kneift ein Auge zu. Ist lange her, dass wir uns gesehen haben, was?

Ibrahim wittert seine Chance und hebt zu einem Crescendo an, gegen das die Trompeten von Jericho wie ein hohler Furz klingen, aber da fördert der Händler zwei Bonbons aus seiner Schürzentasche zutage, und Ibrahim stellt das Gebrüll augenblicklich ein.

Hier, nehmt ein Zitronenbonbon, sagt der Mann, das kuriert so ziemlich alles, von der Ruhr bis hin zur Schwermut.

Aber das wäre doch nicht nötig gewesen, sagt Sabiha, und der Mann sagt, und wie das nötig ist, Madam, hören Sie doch.

Ich höre nichts, sagt Sabiha.

Eben.

Bedankt euch, befiehlt Sabiha, und Mahmoud sagt, *Shukran*, danke schön. Bedank dich, sagt Sabiha zu Ibrahim und gibt ihm einen Schubs, und Ibrahim sagt, kann ich noch eins haben?

Der Junge bringt mich noch ins Grab, schimpft Sabiha, und sie schimpft auch den ganzen Heimweg über: Kannst du dich nicht ein Mal benehmen, ein einziges Mal nur?

Ibrahim antwortet nicht, weil er den ganzen Mund voll Bonbons hat.

Wo ist eigentlich dein Baba, fragen die Cousins, und Mahmoud antwortet, er ist in Mersin, er ist Eisenbahnschaffner, er arbeitet dort.

Ihr habt gar keinen Baba, sagen sie, stimmt's?

Die Kinder aus dem Viertel zeigen auf Mahmoud und Ibrahim und lachen. Ihr habt keinen Vater, sagen sie. Schaut euch die beiden an, die sind so arm, dass sie nicht mal einen Baba haben!

Unser Baba ist in Mersin, brüllt Ibrahim, und er brüllt es so laut, dass sich die Köpfe aller Kinder im Hof zu ihm umdrehen. Er wird kommen und uns holen, ihr verdammten Hundesöhne!

Oben in der Wohnung öffnet sich ein Fenster, und der Kopf von Tante Zafira kommt heraus. Gebt ihr wohl Ruhe, schreit sie.

Zwei der Kinder drücken sich im Schatten der Hauseingänge herum und verbeißen sich das Lachen. Und wisst ihr was, sagen sie laut genug, dass Mahmoud und Ibrahim es hören können, aber nicht laut genug für Tante Zafira, die sind so bettelarm, dass sie nicht mal ein Zuhause haben!

Ibrahim wird so zornig, dass er das Kinn auf die Brust presst und die Fäuste ballt und mit gesenktem Kopf wie ein Irrer auf die beiden Jungen losstürmen will, aber Mahmoud hält ihn am Hemdkragen fest, weil er weiß, dass oben Tante Zafira am Fenster hockt und nur darauf wartet, nach links und rechts Ohrfeigen zu verteilen.

***

Wir sind Türken geworden, drüben in Mersin, sagt mein Onkel Ibrahim am Telefon. Und als wir zurückkamen nach Beirut, mussten wir wieder Araber werden.

Es ist mitten in der Pandemie, Onkel Ibrahim harrt der

Dinge drüben in Dearborn, Michigan, und ich harre der Dinge hier in Deutschland. Onkel Ibrahim hat viel Zeit zum Nachdenken, meine Fragen katapultieren ihn direkt zurück in seine Kindheit. Ich habe ein bisschen Schuldgefühle deswegen, aber als er einmal angefangen hat zu reden, kann er nicht mehr aufhören.

Eines Nachts, erzählt er, es muss etwa fünf oder sechs Monate nach unserer Ankunft in Beirut gewesen sein, jedenfalls war es lange genug, dass niemand mehr an die Rückkehr meines Vaters glaubte, eines Nachts jedenfalls, weckte mich mein Cousin und sagte, Ibrahim, dein Baba ist da.

Was, sagte ich, das kann nicht sein, mein Baba ist in Mersin, er ist doch bei der Eisenbahn.

Nein, sagte mein Cousin, dein Baba ist hier, er steht im Flur und tropft alles voll. Und da sprang ich aus dem Bett und rannte in den Flur, und da stand mein Baba in einem nassen Regenmantel und war da.

***

Beirut war in den Fünfzigern eine quirlige und glitzernde Stadt: Rund um den Hafen von Zaytouna, im schicken Stadtviertel Hamra und drüben in Ras Beirut tobte das Leben und sprudelte der Luxus. Die Stadt war umgeben von grünen Hügeln, die im Sommer erfrischende Kühle versprachen, und von dichten Wäldern, in denen kleine Quellbäche sprudelten. In den Souks tummelten sich an Wochentagen Hausfrauen, Bankiers und reiche Touristinnen aus Paris, Teheran und Genf mit schwingenden Petticoats und klappernden Absätzen, die vom üppigen Angebot an Teppichen und Goldarmreifen angelockt wurden. Es gab einen nigelnagelneuen Flughafen und eine beeindruckend große Anzahl an Luxushotels mit Swimmingpools, an denen sich langbeinige Schönheiten räkelten und mit Sonnenöl einrieben. Vor den Hotels parkten Rolls Royce und bunte Cadillacs, in denen gut aussehende und weniger gut aussehende Männer saßen, allesamt steinreich, die hupten und ab und zu einen Goldzahn aufblitzen ließen. Durch die Stadt fuhr damals eine klingelnde rote Straßenbahn, die alle Viertel miteinander verband. Hochhäuser waren eine Seltenheit, und dort, wo sich heute Wolkenkratzer aneinanderreihen, war früher nur Brachland, auf dem Hirten ihre Ziegen weiden ließen.

Und dann gab es noch die andere Seite, die Slums, die die Stadt wie einen Gürtel umschlossen. Und hinter den Slums kamen gleich die Flüchtlingslager: Zeltstädte, die bis zum Rand voll waren mit Not, Elend und Palästinensern. Gleich zu Anfang zog man um die Lager Zäune und dichtete die Zäune mit Planen ab, damit die Leute, die in die Stadt hineinfuhren, das Elend nicht sehen mussten. Die berüchtigtsten Lager waren Sabra und Shatila, und dorthin machte sich mein Großvater Ahmed eines Tages auf den Weg.

Zuvor hatte er eine ganze Reihe von Tagen damit zugebracht, die Stadt genau zu erkunden. Er wanderte durch die Viertel Ras Beirut, Hamra und Zaytouna und besah sich den Luxus. Er ging hinüber nach Manara und durchstreifte die Gegend rund um den Hafen. Er wanderte am Strand entlang und betrachtete die Hotels. Und schließlich ging er den ganzen Weg bis nach Sabra und Shatila, wo die Brüder meiner Großmutter und ihre Schwester Mahdeya lebten.

Als er zurückkam, packte er die Koffer und sagte, Los, wir gehen. Wohin gehen wir, fragte Sabiha verwundert, und Ahmed sagte, raus aus der Stadt, raus aus diesem Slum. Sabiha wollte wissen, warum sie nicht einfach in eines der Flüchtlingslager zögen, denn dort lebten schließlich ihre Brüder und Mahdeya. Da erklärte Ahmed, dass er das, was er in den Lagern gesehen hätte, sein Leben lang nicht mehr vergessen würde. Sabra und Shatila, sagte mein Großvater, das ist eine Hölle, die niemand überlebt. Wir werden nicht dorthin ziehen. Niemals. Denn wenn wir einmal in dem Lager leben, dann kommen wir da nie wieder raus. Wir würden dort draufgehen, das ist sicher.

Niemand konnte damals ahnen, wie recht er damit gehabt hatte. Und so nahmen meine Großeltern die Kinder bei der Hand und zogen, beladen mit zwei schmalen Koffern, raus aus der Stadt.

Mein Großvater fand ein altes, verlassenes Haus, eine französische Villa, Überbleibsel der Kolonialzeit, vor den Toren der Stadt. Die Villa war groß und musste einst von einem prächtigen Garten umgeben gewesen sein, den aber im Laufe der Zeit Wald und Gestrüpp verschluckt hatten. Die Fenster hatten keine Scheiben mehr, und der Wind pfiff durch die hohen Räume mit den stuckverzierten Decken, wo die Tapete in Fetzen von den Wänden hing. Das Dach leckte, und Mäuse nisteten im Gebälk und in den wenigen übrig gebliebenen Polstermöbeln. Die Samtvorhänge, die einst prächtig und wunderschön gewesen sein mussten, hingen feucht und schimmelig von der Decke. Das Mauerwerk war marode, die hölzerne Wandtäfelung verfault, und der Fußboden sank an mehreren Stellen ein, aber abgesehen davon, war das Haus tadellos in Schuss. Ahmed stieg durch ein Fenster ein und öffnete die Tür von innen. Hereinspaziert, hereinspaziert, das ist die Villa Osman, von nun an der Mittelpunkt unseres neuen Lebens.

Es zieht, sagte Sabiha.

Neun Monate später wurde dort in einer stürmischen Oktobernacht mein Vater geboren. Sie nannten ihn Mohammad Ahmed Osman, nach seinem verstorbenen Brüderchen und nach seinem Vater.

Der Oktober des Jahres 1951 war ein unruhiger und wetterwendischer Monat, und der Tag, an dem mein Vater zur Welt kam, war besonders stürmisch. Mitten in einer Wehe schlug vor dem Haus der Blitz ein, und meine Großmutter schrie wie am Spieß, weil sie dachte, das war's, nun ist alles aus. Aber es war nicht das Ende, es war erst der Anfang.

Sabiha presste und presste, und mangels Hebamme flutschte mein Vater meinem Großvater Ahmed direkt in die Arme, der kurzerhand die Ärmel aufgekrempelt und ein paar Töpfe Wasser im offenen Kamin der maroden Villa erhitzt hatte, wofür das Holz aus der Mahagonitäfelung im Salon dran glauben musste.

Der Regen weichte alles auf, und für ein paar Wochen waren die Straßen derart unpassierbar, dass sie den kleinen Mohammad erst zwei Wochen später beim Amt anmelden konnten. Der zuständige Beamte war ein Mann von recht phlegmatischem Wesen, und er besah sich das Baby in seinen Lumpenwindeln aus zusammengekniffenen Augen. Wann wurde das Kind geboren, wollte der Beamte wissen. Meine Großmutter rechnete zurück: Vor zwei Wochen.

Aber heute ist der 21. Oktober, sagte der Beamte.

Aber geboren wurde er am siebten, entgegnete meine Großmutter. Aber heute ist der einundzwanzigste, sagte der Beamte.

So ging das eine ganze Weile, bis dem Beamten einfiel, dass es fast Zeit zum Mittagessen war, und so trug er kurzerhand den 21. Oktober 1951 als Geburtsdatum ein und drückte den Stempel aufs Dokument. So kam es, dass mein Vater Mohammad Ahmed Osman zwei Geburtstage hatte, was ihm zeit seines Lebens bürokratische Probleme bereitete und ihn ein ums andere Mal in die Verlegenheit brachte, beweisen zu müssen, dass er tatsächlich existierte.

Immerhin hatte mein Vater nie Zweifel an seiner Identität: Von Anfang an lernte er, was er war. Erstens: Palästinenser. Zweitens: Flüchtling. Drittens: staatenlos. Viertens: der fünftgeborene Sohn einer Familie mit vier Kindern. Mohammad der Zweite. Der Kleine.

***

Wie lange meine Großeltern mit ihren Kindern in der maroden Villa vor den Toren der Stadt lebten, in der mein Vater geboren wurde, ist nicht überliefert. Vielleicht blieben sie zwei Jahre, vielleicht drei, gewiss aber blieben sie viele Monate und dichteten die Fenster mit Planen und Brettern ab, damit der Wind nicht durchfuhr, genau wie es die Menschen in den Flüchtlingslagern taten, als sie aus ihren provisorischen Zelten erst provisorische Hütten und dann provisorische Häuser aus Zement und Ziegeln bauten, die sie irgendwo auftrieben.

Mein Großvater blieb bei seiner Weigerung, in die Lager zu ziehen, obwohl es leichter gewesen wäre, denn dort war man wenigstens unter Menschen, die alle die gleichen Probleme hatten.

Als ich viele, viele Jahre später einmal die Lager Sabra und Shatila besuchte, in denen die Leute noch immer als Flüchtlinge in provisorischen Häusern leben, traf ich auf Menschen, die mir die Schlüssel von ihren alten Häusern in Palästina zeigten und sagten, eines Tages. Eines Tages werden wir zurückkehren, Inshallah.

Wann mein Großvater die Hoffnung aufgegeben hat, zurück nach Palästina zu gehen, weiß ich nicht. Vielleicht war es in dem Winter, als der Regen mit Karacho durchs Dach der französischen Villa geschossen kam, das wenige Mobiliar durchweichte und allen im Haus einen rasselnden Husten bescherte. Vielleicht war es aber auch schon viel früher. Eines Tages jedenfalls muss er gesagt haben, so, meine Herrschaften, genug ist genug, wir ziehen um.

So kam es, dass meine Großeltern wieder einmal die Koffer packten, ihre Kinder bei der Hand nahmen und in die Stadt zogen, dorthin, wo es Arbeit gab. Sie landeten im Viertel Ashrafieh, bezogen eine winzige Wohnung, und Großvater fand eine Anstellung als Nachtwächter. Dort, in der Wohnung in Ashrafieh, brachte meine Großmutter ihre letzten beiden Kinder zur Welt: Youssef und Rashid, 1953 und 1956 geboren.

Es gibt ein Foto von der Familie, aufgenommen im Jahr 1953, sechs Jahre nach ihrer Flucht aus Palästina: Ahmad und Sabiha Osman, dreiundfünfzig und neunundzwanzig Jahre alt, mit fünf ihrer Söhne. Großmutter trägt Schwarz, sie hat ein dunkles Tuch um die Haare geschlungen, und auf ihrem aristokratischen Gesicht liegt ein resignierter Ausdruck. Sie hält das Baby Youssef auf dem Schoß, der im selben Jahr geboren wurde. Mein Großvater trägt einen Anzug, und auf seinen Knien sitzt Mohammad, mein Vater. Er ist zwei, hat aber bereits eine Ahnung, in was für eine Art Welt er hineingeboren wurde, denn er blickt den Fotografen skeptisch an. In der Mitte die drei älteren Söhne: Mahmoud und Ibrahim stehen hinter ihren Eltern und haben die Arme umeinandergelegt. Ismael sitzt zwischen ihnen in der Mitte.

Sie sehen alle geschrubbt und zurechtgemacht aus, die Jungs tragen Schlips und Weste, und Großmutter hat Ohrringe angelegt. War es das erste Mal, dass sie gemeinsam fotografiert worden sind?

Ein zweites Foto, das sechs oder sieben Jahre später aufgenommen wurde, zeigt dieselbe Familie, nur um ein Mitglied angewachsen. Wenigstens sehen sie nicht wie arme Leute aus.

Meine Großmutter, bildschön mit ihren aristokratischen Gesichtszügen. Sie trägt ein gemustertes Kopftuch, und darunter blitzt ihre June-Duprez-Frisur hervor: Großmutter hat ihre Leidenschaft fürs Kino nie aufgegeben. Neben ihr, stattlich in einem grauen Anzug mit Krawatte, mein Großvater, der den Jüngsten, Rashid, auf dem Schoß hat. Der kleine Youssef lehnt sich schüchtern an Großmutter, seine Augen skeptisch auf die Kamera gerichtet. In vorderster Reihe mein Onkel Mahmoud, der Älteste. Er ist auf dem Bild etwa fünfzehn Jahre alt, ein schlaksiger Halbwüchsiger mit viel Pomade in den Haaren. Ganz hinten steht mit blitzenden schwarzen Augen mein Onkel Ibrahim, damals etwa dreizehn. Weltmännisch hat er seine Arme um die Schultern seiner beiden jüngeren Brüder gelegt, der elfjährige Ismael zu seiner Rechten und Mohammad zu seiner Linken. Mohammad ist acht, und er ist der Einzige auf dem Bild, der nicht direkt in die Kamera blickt. Stattdessen blickt er auf etwas, das irgendwo hinter dem Fotografen liegen muss, und er hat ein versonnenes Lächeln auf den Lippen.

Auf dem Foto ist Sabiha Mitte dreißig. Vor drei Jahren ist sie zum letzten Mal Mutter geworden. Ein Kind hat sie schon begraben, zusammen mit dem Großteil ihrer Hoffnungen und Träume. Sie macht den Eindruck einer Frau, die fähig ist, mit ihrem Leid fertigzuwerden, aber das war, bevor das Schicksal erneut zuschlug. Und dann noch ein paar Mal.

Die einzigen Überlebenden dieser Familie auf den Fotos sind Ibrahim und Youssef. Der eine herausfordernd und forsch, der andere schüchtern und sich ängstlich an seine Mutter lehnend. Zwei Gegensätze. Zwei Pole ein und derselben Familie.

***

Mohammad!!! Drei Ausrufezeichen. Das ist Sabiha, sie schreit aus dem Fenster hinunter auf die Straße, und augenblicklich bringen sich alle Passanten schleunigst in Sicherheit.

Deine Mutter schreit, sagt Elias, der Schuster, der seinen Laden unten im Hof hat.

Ja, sagt Mohammad.

Mohammad!!!

Das war sie schon wieder, sagt Elias.

Ja, sagt Mohammad.

Vielleicht solltest du mal nachsehen, was sie will.

Ja, sagt Mohammad. Aber er macht keine Anstalten, aufzustehen.

Er hat ein kaputtes Radio im Müll gefunden und möchte herausfinden, ob er es reparieren kann. Er sitzt mit Elias auf der Bank vor der Schuhmacherwerkstatt. Mohammad hat das Radio aufgeschraubt, sodass es vor ihm liegt wie ein ausgeweideter Kadaver, und er betrachtet die Drähte und Dioden, wobei er das Kinn in die Hände stützt und die Lippen ein wenig schürzt, weil das die Art ist, wie er am besten nachdenken kann.

Mo-Ha-MAD!!! Das waren zwei Oktaven über der üblichen Frequenz, also steht Mohammad langsam auf, klopft sich die Hände ab und wickelt die Einzelteile des Radios sorgfältig in ein altes Tuch.

Bevor er die Stufen zu der kleinen Wohnung hinaufsteigt, in der er mit seinen Brüdern und seinen Eltern lebt, dreht er sich noch mal zu Elias um: Kein Wort vom Radio, sagt er, und Elias nickt und macht eine Geste, als ob er sich den Mund versiegeln wollte. Alles klar, Mo. Ich sag kein Wort.

Oben in der Wohnung ist Sabiha am Durchdrehen, weil sie keine Kohlen für den Herd hat. Die Wohnung liegt im Viertel Ashrafiehe (was gut ist, denn hier gibt es Arbeit), ist aber klein (was schlecht ist, denn die Familie ist groß): Sie hat zwei Zimmer und eine winzig kleine Küche mit einem Kohleherd und einem Waschbecken zum Gemüseputzen. Das Wasserrohr tropft und muss mit einem Stück Schnur an einem Haken an der Wand befestigt werden, damit es nicht durchbricht. Mohammad ist zehn, und seit sie hier leben, sind noch zwei Brüder hinzugekommen: Youssef, acht Jahre alt, und Rashid, der gerade sechs geworden ist.

Mohammad nimmt den Kohleeimer, bevor seine Mutter vollends die Nerven verliert, aber sie schimpft ihm trotzdem hinterher, als er die Steinstufen nach unten rennt, um Kohlen zu kaufen.

Hör zu, sagt Sabiha, als er wiederkommt und die Kohlen in den Kasten leert, es ist zum Schämen, dass du immer draußen im Dreck herumwühlst wie eine Kanalratte. Alle Nachbarn haben mich schon angesprochen. Umm Mahmoud, sagen sie, dein Sohn Mohammad wühlt im Abfallhaufen wie ein Hund. Hast du ihm keine Manieren beigebracht?

Mohammad überlegt kurz. Es ist kein Abfall, es ist Schrott.

Abfall, Schrott – egal, entgegnet Sabiha. Ich möchte nicht, dass du im Dreck wühlst, kapiert?

Mhm.

Ob du verstanden hast, dass du nicht im Dreck wühlen sollst.

Ja, das habe ich verstanden.

Das heißt, du wirst es nicht mehr tun?

Nein, das heißt es nicht.

Bevor seine Mutter ausholen und ihm eine langen kann, sprintet Mohammad aus der Wohnung und hält erst an, als er das hintere Ende des Hofs erreicht hat, wo die Nachbarn ihren Sperrmüll entsorgen. Was er braucht, ist ein dünner langer Draht, und er muss einige Matratzen aufschneiden, ehe er eine Sprungfeder findet, die seinen Vorstellungen entspricht. Als er fertig ist, geht gerade die Sonne unter, und in der Nachbarschaft riecht es nach Abendessen.

Oben in der Wohnung hat Sabiha Reis mit Bohnen gekocht.

Mohammad hat schon wieder im Müll gewühlt.

Ibrahim, die alte Petze.

Wenn's ihm Spaß macht, sagt Ismael und boxt Mohammad in die Seite, sodass ihm der Reis vom Löffel fällt.

Hört doch mal auf zu streiten, sagt Mahmoud.

Warum nimmst du mich nie mit?, fragt Youssef. Er klingt, als würde er gleich anfangen zu weinen, dabei ist er schon acht. Rashid sagt, ich will auch mit, ich will auch mit.

O Allah, sagt Sabiha und dreht die Augen zur Decke. Sechs Söhne und sie haben nichts Besseres zu tun, als ihr Leben zu leben wie ein Rudel Ratten auf einer Müllhalde. Es ist beschämend, dass dieser Junge dauernd im Dreck herumgräbt, hörst du, Ahmed? Warum sagst du nichts? Es ist schließlich auch *dein* Sohn.

Tu, was deine Mutter sagt, sagt Ahmed und steht auf. Er hat Arbeit als Nachtwächter gefunden, und das bedeutet, dass er die ganze Nacht fort sein wird. Wenn die Mutter sich nach dem Abendessen hingelegt hat und eingeschlafen ist, dehnt sich die Nacht aus wie eine lange gewundene Straße voller Möglichkeiten.

Die Nacht gehört den Mutigen, denkt Mohammad, als er von der schmalen Matratze aufsteht, die er sich mit Ismael teilt. Sie schlafen zu sechst in dem kleinen Zimmer, immer zu zweit teilen sie sich eine Matratze: Mahmoud und Ibrahim, Ismael und Mohammad, und drüben in der Ecke: Youssef und Rashid. Als Mohammad aufsteht, dreht Ismael sich im Schlaf um, aber er wacht nicht auf. Mohammad drückt die Türklinke hinunter und schleicht auf Zehenspitzen durchs Wohnzimmer, wo seine Mutter auf dem Diwan liegt und schnarcht wie ein Hirtenhund. Leise öffnet er im Dunkeln die Wohnungstür und läuft hinunter in den Hof. Von der Straße kommen Geräusche: Irgendwo ist ein Pferd angebunden und wiehert im Schlaf. Draußen auf der Gasse steht eine Gaslaterne und wirft einen schmalen Streifen Licht in den Hinterhof, und dorthin hockt sich Mohammad und wickelt sein Radio aus.

Tante Mahdeya ist zu Besuch gekommen. Seit sie Witwe ist und ihre Kinder erwachsen und aus dem Haus sind, zieht sie rastlos von einem ihrer nächsten Anverwandten zum nächsten. Wie ein Kreuzfahrtschiff läuft sie mal diesen und mal jenen Hafen an und bleibt, wo es ihr gerade gefällt. Solange es ihr gefällt.

Das liegt daran, dass sie im Flüchtlingslager lebt, sagt Ahmed. Natürlich will sie dort nicht sein, schon gar nicht alleine. Was soll man also machen?

Marhaba, Tante Mahdeya, sagt Mahmoud und küsst ihr höflich die Hand. *Sabah-al-Cheir*, guten Morgen, sagen Ibrahim und Ismael. Youssef und Rashid reichen der Tante schüchtern zwei schlaffe Kinderhände zum Gruß. Mohammad steht in der Zimmerecke und übt, unsichtbar zu sein. Soweit er es beurteilen kann, klappt es ganz gut, er hat bereits begonnen, mit seiner Umgebung zu verschmelzen. Seine Konturen sind unscharf geworden, bald wird er eins geworden sein mit dem Muster der Tapeten.

Hast du uns etwas mitgebracht, will Youssef von Tante Mahdeya wissen, und sie antwortet mit einem Monolog, in dem es darum geht, dass Gier und Habsucht sündhaft seien und dass man kleine Jungen sehen, aber nicht hören sollte. Dann wirft sie Ibrahim eine Dose Kekse in den Schoß, was typisch ist, denn er war schon immer ihr Liebling.

Seit sie da ist, weht ein anderer Wind im Haus: Deine Kinder brauchen eine feste Hand, das ist es, was sie brauchen, schreit Mahdeya in Richtung Küche, wo Sabiha dabei ist, das Abendessen zuzubereiten. Ja, Mahdeya, sagt Sabiha und hält sich den Kopf.

Ismael hat sich hinter den Diwan geschlichen, auf dem Tante Mahdeya sitzt, und schneidet hinter ihrem Rücken Grimassen. Sie dreht sich blitzschnell um und langt ihm eine. Das ist es, was ich meine, sagt sie und schnauft hörbar. Ismael hält sich die schmerzende Wange.

Deine Söhne sind verkommen, sagt sie zu Sabiha, als sie damit fertig ist, Youssef den Hintern zu versohlen, weil er frech war.

Dann fährt sie mit der Hand über die Fensterbretter, die schwarz sind vom Ruß des Kohleherds. Sie sagt, eine Hausfrau, die ihre Fensterbretter nicht in Ordnung hält, ist eine Schande und verkommen. Deine Wohnung ist verkommen, Sabiha. Deine Wohnung ist verkommen und deine Söhne sind verkommen. Es ist eine Schande. Sabiha sagt Uff und dreht die Augen zur Decke.

Mohammad steht immer noch in der Ecke in einem Zustand semi-transparenter Unschärfe. Wo ist überhaupt der andere?, fragt Tante Mahdeya und sieht sich suchend im Wohnzimmer um. Der Clevere, wo ist der, hä?

Mohammad spürt, wie er langsam wieder an Kontur gewinnt, und schon hat sie ihn am Wickel. Du da, komm her, sagt Mahdeya und nimmt sein Kinn in ihre Hand, damit sie sein Gesicht hin und her drehen kann. Ich sage euch, der hier ist von euch allen der Cleverste, merkt euch das, sagt sie zu den Brüdern.

Und du, merk dir, dass einem Grips im Leben auch nicht viel weiterhilft, wenn man keinen Anstand im Leib hat und verkommen ist, merk dir das.

Ja, sagt Mohammad.

Tante Mahdeya ist seit einer Woche da, und sämtliche Nerven liegen blank. Sie hat zu allem eine Meinung: Der Reis ist nicht gut genug gewürzt. Das Gemüse ist zu stark gewürzt. Die Kinder sind schlecht erzogen. Die Wohnung heruntergekommen. Jeder, der ihr unter die Augen kommt, muss mit einer Strafpredigt rechnen, also versuchen sich alle irgendwo zu verstecken. Selbst Sabiha ist bereits so weit gegangen, sich heimlich im Klo einzuschließen, nur um Mahdeyas Gekeife zu entgehen.

Sie treibt mich in den Wahnsinn, sagt Ibrahim. Wir müssen sie loswerden, stimmt Ismael zu. Schnell!

Die Jungs haben sich ins hintere Zimmer verzogen und einen Stuhl unter die Türklinke geklemmt, um Kriegsrat zu halten.

Wir können sie nicht fortschicken, sie ist ja unser Gast, sagt Mahmoud. Er muss das sagen, weil er der Älteste ist und vernünftig sein muss.

Bringen wir sie um!, schlägt Youssef vor.

Man darf seine Tante nicht umbringen, das ist *haram*, sagt Mahmoud.

Wir könnten sie in den Fluss schmeißen, schlägt Youssef vor.

Keine schlechte Idee, sagt Ibrahim. Aber vorher rauben wir sie aus.

Was sagst du dazu, Mo?, will Ismael wissen.

Ja genau, was sagt unser Cleverer? Irgendwelche Vorschläge?, sagt Ibrahim und boxt Mohammad in die Rippen.

Ich denke drüber nach, sagt Mohammad.

Zum Abendessen gibt es Okragemüse und gebackene Kartoffeln mit Kichererbsen. Tante Mahdeya hat ihre zweite Portion beendet und schmatzt zufrieden mit den Lippen. Mohammad schaltet das Radio an, dreht an ein paar Knöpfen, findet die Musik. Als das Lied zu Ende ist, ertönt der Radiojingle, der anzeigt, dass gleich die Nachrichten kommen: *Sie hören Radio Beirut. Und nun die Nachrichten: Beirut. Im Flüchtlingslager Sabra ist ein Feuer ausgebrochen. Alles brennt lichterloh. Und nun das Wetter.*

Was war das?, sagt Tante Mahdeya, mach das mal lauter, Junge!

Ach, sagt Mohammad, das waren nur die Nachrichten. Ein Feuer ist ausgebrochen, in Sabra, nichts weiter.

Was sagst du, Junge? Ein Feuer? In Sabra? Aber da steht doch mein Haus, ruft Tante Mahdeya. Mein Haus, alles brennt! Ich muss sofort los, muss nachsehen, ob mein Haus noch steht.

Ist gut, sagt Mohammad. Ich rufe dir ein Taxi.

Tante Mahdeya rauscht ab, mit wehenden Röcken und Panik im Blick. Auf Wiedersehen, Mahdeya, sagt Sabiha und winkt dem Taxi nach. Bis zum nächsten Mal und viel Glück wegen dem Feuer!

Auf Wiedersehen, Tante Mahdeya, sagen die Jungs und winken. Aber nur kurz.

Wie hast du das gemacht? Die Brüder können es nicht fassen. Sie sitzen im hinteren Zimmer und glotzen Mohammad an, als wäre er aus Gold. Wie hast du das geschafft?

Ach, sagt Mohammad und wird ein bisschen rot. Das war gar nicht schwierig. Zuerst habe ich dieses Radio repariert, mit einem Draht, seht ihr? Er hält das kleine rote Transistorradio hoch. Dann brauchte ich ein Tonbandgerät, das war dieses hier. Dann musste ich die Lautsprecher zu einem Mikrofon umbauen, das hat ziemlich lange gedauert, aber es hat funktioniert, seht ihr? Er hält sich das Gerät vor den Mund und sagt mit sehr tiefer Stimme: Hier ist Radio Beirut, und nun die Nachrichten.

Donnerwetter, sagt Ibrahim.

Und wie hast du es mit der Musik gemacht? Und der Jingle?, will Mahmoud wissen.

Die habe ich aus dem Radio aufgenommen, sagt Mohammad. Aus dem echten natürlich. Dann habe ich die einzelnen Tonbänder auseinandergeschnitten und an den richtigen Stellen wieder zusammengeklebt. Er nestelt am Tonbandgerät herum und holt zwei Bandspulen heraus.

Donnerwetter, wiederholt Ibrahim.

Donnerwetter, sagt Ismael.

Alle Achtung, sagt Mahmoud.

Mohammad sagt gar nichts. Er spielt verlegen an den Knöpfen seines Radios herum und sucht einen Sender, der Musik spielt.

***

Meine Onkel Ibrahim und Youssef erzählen mir die Anekdote mit dem Radio jedes Mal, wenn ich zu Besuch komme. Das ist etwas, in dem sie sich ausnahmsweise einig sind: Dein Vater hatte diesen Spleen mit den Radios, sagen sie zu mir. Er war schon immer der Cleverste von uns.

Sie erzählen die Geschichte, und wir lachen, weil wir uns das Gesicht von Tante Mahdeya vorstellen, wie sie in Sabra aus dem Taxi steigt und weit und breit kein Feuer zu sehen ist.

Wir lachen, wir schmunzeln, und dann kommen immer einem von uns die Tränen, weil wir daran denken müssen, wie es wäre, wenn er noch bei uns wäre.

Ich erinnere mich an den ersten Besuch bei Ibrahim und Youssef in Beirut. Ich war fünfzehn, der Sommer war heiß und die Stadt kaputt, weil der Bürgerkrieg erst seit ein paar Jahren zu Ende war. An der Hauswand klafften Löcher, so groß wie Grapefruits, und Ibrahims Sohn, mein Cousin Esam, damals elf, steckte eine Faust in eins der Löcher, um zu demonstrieren, wie weit die Geschosse die Hausmauer durchdrungen hatten.

Wir gingen in der Stadt spazieren, überall roch es nach heißem Asphalt, frischer Wäsche, Benzin und nach Abfall, der in eisernen Mülltonnen verbrannt wurde. Mir wurde ein bisschen übel, und ich litt an Reizüberflutung. Wir kamen an einem Haus vorbei, das nur noch zur Hälfte stand. Man konnte in die Zimmer hineinsehen, in denen noch die Möbel standen und Bilder an den Wänden hingen. Eine Frau kam durch die Tür eines halben Zimmers, das einmal ein Wohnzimmer gewesen sein musste, und fing an, den Fußboden zu fegen.

Ich erinnere mich an den Anblick der zerbombten Stadt und an die Frau mit dem Besen in dem halben Zimmer, und ich weiß noch, dass ich dachte, das glaubt mir zu Hause kein Mensch.

Mein Onkel Ibrahim nahm mich mit auf eine Spritztour durch die Stadt. Nach einigen halsbrecherischen Wendemanövern parkte er seinen Wagen vor einem schmalen Gebäude aus rußgeschwärztem Sandstein mit roten Fensterläden. Es stand mitten im Stadtviertel Ashrafieh, genau in der Mitte zwischen zwei Gassen, die sich vor der Tür kreuzten, und sah genauso aus wie alle anderen Häuser in diesem Viertel, Einschusslöcher und alles, nur dass es eben diese roten Läden hatte.

Voilà, sagte Ibrahim und stieg aus. Ich sah mich um. Es gab ein paar Geschäfte in der Straße, eine Bäckerei, ein paar Gewürzstände, eine Werkstatt. Meine Großeltern hatten mit ihren Söhnen hier gelebt, bis der Bürgerkrieg ausbrach und die Heckenschützen auf alles schossen, was sich bewegte, vornehmlich auf Muslime. Denn Ashrafieh war ein christliches Viertel. In den muslimischen Vierteln war es genau umgekehrt. Bis zum Bürgerkrieg war es den Leuten egal, wer was war, aber dann zählten solche Dinge plötzlich und Beirut wurde eine geteilte Stadt. Die Christen lebten im Osten der Stadt, die Muslime zogen eiligst in den Westteil. Dazwischen verlief die Grenze, bis zur Unkenntlichkeit zerbombte Straßenzüge, mit Unkraut und Gestrüpp überwuchert: die Grüne Linie.

Auch meine Großeltern und ihre Söhne (jedenfalls diejenigen von ihnen, die noch lebten) mussten nach West-Beirut fliehen. Schon wieder. Ich fragte meinen Onkel nicht, wie es für ihn war, nach all den Jahren wieder an dem Ort zu sein, an dem er aufgewachsen ist, weil ich viel zu beschäftigt damit war, mir das Haus anzusehen.

Komm, gehen wir rein, sagte Ibrahim und hielt mir die Tür auf. Drinnen gab es ein Treppenhaus aus ausgetretenen Steinstufen und staubiges Licht, das durch milchige Fensterscheiben hineinfiel. Wir stiegen zwei oder drei Stockwerke hinauf, und dann deutete Ibrahim auf eine Tür und sagte, das war sie, unsere Wohnung.

Ich versuchte, mir vorzustellen, wie mein jugendlicher Vater jeden Tag durch diese Tür ging, diese Steinstufen hinunterlief, wie er aus diesen trüben Fenstern in den Hof und auf die Straße blickte – beim besten Willen, es gelang mir nicht.

Stell dich dorthin, befahl mein Onkel und zückte die Kamera. Neben die Tür, genau so. Klick. Ein Foto.

Ich trage Jeans und ein rotes T-Shirt und habe meine Haare zu einem Pferdeschwanz gebunden. Ich bin fünfzehn Jahre alt und finde meine Zähne hässlich, also halte ich den Mund fest geschlossen. Überall tanzen die Geister in der staubigen Luft: meine Großeltern, Ismael, Rashid und mein Vater. Mir wird ein bisschen schwindlig. Ich atme tief ein und schaue sehr ernst und sehr großäugig in die Kamera meines Onkels Ibrahim. Ein Klick.

Es ist vorbei.

***

Am Tag, an dem es geschieht, ist es heiß. Es ist Oktober 1963, Mohammad ist gerade zwölf geworden, und draußen brennt die Luft. *Yalla*, sagt Ismael, gehen wir schwimmen!

Außer ihnen beiden ist niemand in der Wohnung, der Vater ist auf dem Markt, die Mutter tratscht unten im Hof mit den Nachbarinnen. Mahmoud und Ibrahim sind bei der Arbeit, sie haben beide Jobs in der Autowerkstatt am Ende der Straße gefunden, und jeden Abend kommen sie ölverschmiert und nach Diesel stinkend nach Hause. Sabiha hat Youssef und Rashid mit nach unten genommen, damit sie im Hof spielen können.

Los, sagt Ismael. Gehen wir zum Strand!

Mohammad ist viel zu vertieft in sein Buch – eine zerlesene Ausgabe von *Robinson Crusoe*, die er in der Bibliothek ausgeliehen hat –, und so reagiert er erst, als Ismael ihn an der Schulter rüttelt. Komm schon, sagt er.

Mohammad seufzt. *Tamam*, sagt er. Gehen wir.

Sie laufen die Steinstufen hinunter, und ihre Schritte hallen im Treppenhaus wider. An der *Corniche*, der Strandpromenade, ist viel los, wie immer um diese Tageszeit. Bonbonfarbene Cadillacs fahren die Promenade auf und ab, und Frauen in geblümten Sommerkleidern und kurzen Röcken lassen sich den Wind durch die Haare wehen. Es riecht nach Tang und Meer und Sesamkringeln. Mohammad blickt sehnsüchtig zu dem Sesamkringelverkäufer hinüber, aber Ismael will weiter, zu einem abgelegenen Strandabschnitt hinter *Raouche*, den Taubenfelsen. Der Strand ist hier menschenleer, in erster Linie, weil er felsig ist und überall stinkende Algen herumliegen, und auch, weil sich in der Zwischenzeit bleierne Wolken am Horizont zusammengeschoben haben. Regen. Endlich!

Komm schon, ruft Ismael und schält sich aus seiner zerschlissenen Hose. Beeil dich.

Mohammad zieht langsam sein Hemd und seine Hose und seine Schuhe und Strümpfe aus und legt alles ordentlich auf einen Haufen. Barfuß und in seiner Unterhose macht er ein paar prüfende Schritte in Richtung Wasser. Er fröstelt, obwohl es immer noch warm ist. Die Wellen brausen jetzt schneller und höher an den Strand, die Gischt leckt an seinen Füßen, dann an seinen Knien, und er bekommt eine Gänsehaut.

Komm rein, ruft Ismael. Er steht schon bis zum Bauch im Wasser und lacht, wenn die Wellen sich vor ihm brechen. Ab und zu hebt eine ihn hoch, dann lacht er noch mehr und paddelt wie ein Hund. Komm schon, Mo, ruft er. Komm endlich rein!

Mohammad tapst über den felsigen Strand, die Steine tun ihm an den Füßen weh, und er muss aufpassen, nicht auf die scharfen Muschelschalen zu treten.

Yalla, Mohammad, komm schon!

Mohammad sieht Ismaels Hand über den Wellen. Er winkt und lacht. Mohammad winkt zurück.

Yalla, Mohammad, *yalla*! Ismael lacht und hüpft in den Wellen auf und ab.

Eine Welle erwischt Mohammad und haut ihn um. Er rappelt sich auf, und da kommt schon eine zweite und wirbelt ihn unter Wasser. Mohammad stößt sich mit den Füßen vom Grund ab und taucht auf. Für einen Augenblick hat er keine Ahnung, wo er sich befindet und, was noch wichtiger ist, wo sich das Ufer befindet. Er wischt sich das Salzwasser aus den Augen, doch bevor er sich umdrehen und zum Strand zurückschwimmen kann, nimmt ihn eine dritte Welle mit, und als Nächstes sitzt er am Strand und hat Sand in seiner Unterhose.

Ismael!, ruft er. Da ist sie, die Hand, und winkt.

Es ist Wind aufgekommen und Mohammad friert. Der Horizont hat die Farbe von nassem Asphalt, und es grollt hinter den Wolken.

Ismael!

Die Wellen sind höher als vorher und brechen sich weit draußen.

Ismael!!

Es donnert, und wenig später wird der dunkle Himmel von einem Blitz erleuchtet.

Ismael!!!

Draußen zwischen den schaumigen Wellen ist keine Hand mehr zu sehen. Kein Kopf. Kein Lachen. Kein Ismael.

Mohammad schreit, bis sein Hals wund ist. Er läuft am Strand auf und ab und schert sich nicht um die scharfkantigen Steine, die ihm in die Fußsohlen schneiden. Er klettert auf die Felsen und sucht den Horizont ab. Er ruft um Hilfe. Er ruft den Namen seines Bruders, bis er keine Stimme mehr hat. Er geht zurück zu der Stelle, an der sie sich ausgezogen haben. Dort liegen zwei Hosen, zwei Hemden, zwei Paar Schuhe und Strümpfe. Mohammad zieht seine nassen Sachen an und nimmt das Bündel Kleider, das Ismael am Strand zurückgelassen hat. Sie sind nass und voller Sand und er drückt sie an sich, während er die *Corniche* entlangrennt. Passanten blicken ihm irritiert nach, aber Mohammad bemerkt es nicht. Er weiß nicht, ob das, was sein Gesicht hinunterläuft, der Regen ist oder Tränen.

Zu Hause stößt er die Wohnungstür auf, und da sitzen sie alle und sehen besorgt aus.

Mohammad will sagen, ich kann Ismael nicht finden. Er

will sagen, wir waren im Wasser, bei den Taubenfelsen. Er will sagen, helft mir, ihn zu suchen. Aber er kann nichts sagen, kein Wort, keinen Satz. Er steht im Flur und zittert, bis Ahmed kommt und ihn an den Schultern packt und schüttelt. Was ist passiert, wo ist Ismael?

Im Meer, flüstert Mohammad. Im Meer.

Sofort sind alle auf den Beinen. Alle außer Sabiha, die still und bewegungslos auf ihrem Stuhl sitzt und sagt, ich habe es immer gewusst. Ich habe es von dem Tag an gewusst, als er in Jaffa ins Wasser fiel und der britische Soldat ihn herausholte. Ich wusste es.

Die Feuerwehr sucht nach Ismael, bis die Nacht hereinbricht. Am Ende sind es die Fischer, die seine Leiche am nächsten Morgen am Strand finden.

Aber da spricht Mohammad schon kein Wort mehr.

Nachdem das allgemeine Wehklagen der Verwandten und Nachbarn verstummt ist, nachdem Sabiha mit Medikamenten ruhiggestellt wurde, nachdem sie Ismael in ein weißes Laken gewickelt und in ein Grab gelegt haben, nachdem die Beileidsbekundungen und Gebete gesprochen wurden, sitzt Mohammad immer noch in der hinteren Kammer und starrt die leere Matratze an, auf der er mit Ismael geschlafen hat. Er sitzt dort seit jenem Tag, und wenn es nach ihm geht, wird er da sitzen bleiben, bis die Welt untergeht. Sie haben ihm gesagt, dass es nicht seine Schuld ist. Es ist nicht deine Schuld, Mohammad, sagten sie zu ihm. Ismael hätte nicht bei Gewitter schwimmen gehen dürfen, sagten sie. Ismael war der Ältere, es war seine Verantwortung, sagten sie. Aber Mohammad hört sie nicht. Tief in seinem Inneren weiß er, dass er schuldig ist, und deswegen hat er gelobt, nichts mehr zu essen oder zu trinken und nicht mehr zu sprechen, bis er seine Schuld getilgt hat.

Irgendwann, spät in der Nacht, kommt sein Vater ins Zimmer und deckt ihn zu. Seine Tränen fallen Mohammad auf die Stirn, aber Mohammad schläft und spürt es nicht. Ahmed nimmt einen Zipfel der Decke und wischt die Tränen fort, seine eigenen und die seines Sohnes.

Auch in den folgenden Monaten spricht Mohammad nicht über das, was geschehen ist. Es ist nicht so, dass er nichts zu sagen hätte, er weiß nur nicht, wie er das, was er sagen möchte, sagen könnte, ohne dass etwas in ihm zerspringt wie Glas. Und so liest er. Im Ashrafiehe-Viertel gibt es eine Leihbücherei, und Mohammad schleppt ein Buch nach dem anderen an. Er liest, was immer er in die Hände bekommt, selbst wenn er den Inhalt nicht versteht: Gedichte von Khalil Gibran und Rumi, Romane von Franz Kafka und Ernest Hemingway, den Koran und eine Menge zerfledderte religiöse Traktate. Er liest mit der Gier der Verzweifelten. Als er zur Abteilung mit den Geschichtsbüchern kommt, sperrt er den Mund auf, denn nun erschließt sich ihm, was der amerikanische Präsident Lyndon B. Johnson das Palästinenserproblem nannte. In den 1960er-Jahren hatten sich die Spannungen zwischen Israel und den Palästinensern derart verschärft, dass verschiedene arabische Guerillagruppen die Notwendigkeit sahen, sich mit Gewalt gegen die israelische Vorherrschaft zu wehren.

Mohammad liest alles, was er über das Thema finden kann, und danach schließt er sich einer Jungengang an. Sie sind zu siebt und treffen sich jeden Abend unten am Hafen, wo sie gemeinsam herumhängen und auf Ärger aus sind. Hassan ist der Anführer, weil er schon vierzehn ist und weil er der älteste Sohn einer Familie ist, in der alle anderen männlichen Mitglieder an der galoppierenden Schwindsucht eingegangen sind. Das verleiht ihm eine Aura der Autorität, und genau das ist es, was ein Anführer haben muss. Hassan und seine Freunde nennen sich der palästinensische Widerstand und kämpfen für ein geeintes Palästina. Vor Kurzem hat der ägyptische Präsident Nasser die PLO gegründet, und Hassan will sich ihnen anschließen, wenn sie ihn nehmen. Aber zuerst braucht er Kampferfahrung.

Sie schlendern über den Platz der Märtyrer und betrachten die Beine der Frauen, die in kurzen Röcken in Cafés sitzen und Mokka aus kleinen Tassen trinken.

Mmmmh, diese Beine, sagt Hassan, und Mohammad sagt auch, mmmmh, diese Beine, weil er plötzlich überall Beine und Brüste sieht. Nachts erscheinen ihm Beine und Brüste und rot geschminkte Lippen in seinen Träumen, und wenn er aufwacht, ist er so verwirrt, dass er seiner Mutter nicht in die Augen sehen kann.

In der Schule lernen sie nichts über Mädchen und auch nichts über Palästina, obwohl es eine Schule für Flüchtlingskinder ist. Sie gehört zur UNO, und Sabiha verdreht die Augen und sagt, UNO, ts. Das hat uns noch nie was gebracht.

In der Schule lernen sie höhere Mathematik, Geografie und Englisch, die drei Säulen der modernen Bildung. Sie lernen alles über die Geografie des Mittleren Ostens, alles über Shakespeare und alles über das Lösen von Gleichungen mit mehreren Unbekannten. Die Lehrer erzählen ihnen, dass Bildung das Einzige ist, was ihnen niemand mehr wegnehmen kann, was ein absoluter Witz ist, weil sie alle ohnehin nichts haben, was man ihnen wegnehmen könnte.

Aber Hassan weiß Bescheid. Er ist vierzehn. Er hat die Schwindsucht überlebt. Er kennt sich aus. Er weiß, dass es daran liegt, dass sie allesamt bettelarme palästinensische Flüchtlinge sind, und so schlägt er vor, dass sie ebenso gut Märtyrer werden könnten. Hassan sagt, es wäre eine Ehre, für Palästina zu sterben, denn dann würden sie direkt ins Paradies fahren, wo es Jungfrauen gibt, so viele, dass man sie nicht mehr zählen kann. Mohammad möchte ihm sagen, dass er nicht für Palästina sterben möchte, Jungfrauen hin oder her, weil er vom Sterben die Nase gestrichen voll hat, und wenn er überhaupt für irgendetwas sterben müsste, dann höchstens für seine Familie. Wenn überhaupt.

Die Imame in der Moschee und in der Koranschule sagen einem, es sei herrlich, für seinen Glauben zu sterben, denn dann sei man im Zustand völliger Glückseligkeit und würde die Gnade Allahs am eigenen Leibe erfahren, aber dafür ist Mohammad nicht bereit, denn er hat eben erst Beine und Brüste und rot geschminkte Lippen entdeckt, und weil er weiß, dass seine sündigen Gedanken Allah ohnehin ein Dorn im Auge sind, rechnet er sich wenig Chancen auf einen Platz im Paradies aus, und hier kommt Hassan ins Spiel. Hassan hat drei Schwestern, und die jüngste, Maha, hat die schönsten Augen, die er je gesehen hat.

Wenn du bei uns mitmachen willst, sagt Hassan, dann musst zu beweisen, dass du Mumm hast. Und wenn du das tust, dann zeige ich dir, wo das Schlafzimmer meiner Schwestern liegt. *Tamam?*

Einverstanden, sagt Mohammad.

Da zieht Hassan eine alte Pistole aus der Manteltasche und zielt damit auf Mohammad, der sofort die Augen schließt, um seinen Frieden mit Allah zu machen.

Die gehört meinem Vater, sagt Hassan und zieht ein paarmal am Abzug. Es macht klick, klick, klick. Mohammad atmet aus und öffnet langsam die Augen. Wer bei der PLO mitmachen will, muss schießen können, kapiert?

Alles klar, sagt Mohammad.

Draußen am Stadtrand gibt es ein Wäldchen, das ideal ist für Dinge wie heimliche Rendezvous und Schießübungen. Hassan bestimmt, dass Mohammad Wache halten soll, weil er der Kleinste ist, weil er von Natur aus still und leise ist und weil niemand ihn überhaupt wahrnimmt. Wenn einer kommt, sagt Hassan, dann pfeifst du. Er pfeift probeweise und Mohammad pfeift zurück.

Er hockt sich in ein Gebüsch und hält Wache, während Hassan und die anderen mit der Pistole auf ein paar Coladosen schießen. Immer, wenn sie abdrücken, knallt es so laut, dass die Vögel in den Bäumen erschrocken auffliegen und durch die Luft flattern, die ganz drückend ist vor lauter Pulverrauch.

Mohammad legt sich die Hände auf die Ohren und schaut den Vögeln bei ihrem panischen Flug zu. Er sieht, wie Hassan die Pistole in die Luft hält und auf die Vögel zielt, und da steht er auf und läuft davon.

Später lachen sie ihn aus, weil er weggelaufen ist, und nennen ihn eine Memme, aber Hassan verspricht ihm, dass er trotzdem in das Fenster seiner Schwestern gucken darf, denn das sei ein Privileg von Männern im palästinensischen Widerstand.

Es ist eine herrliche Sommernacht, der Mond steht hoch über den Häusern von Ashrafiehe, und vom Meer her weht ein warmer Wind. Hassan öffnet das Tor zum Hof, und Mohammad schleicht auf Zehenspitzen hinein. Im Haus geht ein Licht an, und die Silhouette von Maha, Hassans Schwester, erscheint. Mohammad hält die Luft an, und beinahe meint er, ohnmächtig zu werden, aber da steht Hassan vor ihm und versperrt ihm die Sicht. Versprich mir, dass du nichts sagst und uns nicht verpetzt, verlangt er, und Mohammad sagt Ja zu allem, verspricht Stillschweigen bis ins Grab, ewige Treue zur PLO und seine Seele, wenn nötig, solange er nur einen kurzen Blick auf Mahas geschmeidigen Körper werfen darf.

Doch da wird die Hintertür aufgerissen, und Hassans Mutter steckt den Kopf heraus und kreischt, bei Allah welch Verdorbenheit, welch Unehrenhaftigkeit, welch Sauerei! Sie verspricht ewige Rache allen, die ihre Töchter durch Blicke entehrt haben, und verlangt nach der Justiz.

Du da, schreit sie in die Dunkelheit, komm sofort her! Mohammad ist weiß wie die Wand geworden und versucht verzweifelt, sich unsichtbar zu machen, aber Hassans Mutter kann im Dunkeln sehen, und sie erkennt seine Sünde und seine Unehrenhaftigkeit mit einem Blick.

Sie keift, sie kreischt und krakeelt, bis in den benachbarten Wohnungen die Lichter angehen.

Durch den Lärm angelockt, kommt Mohammads Vater angetrabt, der im Viertel als Nachtwächter arbeitet.

Ihr Sohn da, schreit Hassans Mutter, hat meine Töchter durch seine lüsternen Blicke entehrt, und wenn ich Ihnen einen Rat geben darf, dann bringen Sie ihn am besten sofort zum Imam, damit der ihm die Sünde aus dem Leib schlägt.

Na, na, na, sagt Ahmed, das kommt mir doch sehr unwahrscheinlich vor, wo doch Ihre Töchter – und das weiß man hier im Viertel sehr wohl, gute Frau –, wo doch Ihre Töchter die ehrenhaftesten Geschöpfe unter der Sonne sind und ihre unschuldigen Leiber, Sie vergeben mir, niemals unzüchtig zur Schau stellen würden.

Wie können Sie es wagen, kreischt Hassans Mutter, aber Ahmed wiegelt ab: Und obendrein, Sie mögen es mir vergeben, ist mein Sohn Mohammad hier (an dieser Stelle packt er Mohammad am Hemdkragen und schubst ihn vor sich her) noch ein Kind, fast ebenso unschuldig wie die beiden jungen Töchter, die Sie da oben haben. Seine Augen haben die Sünde der Welt noch nicht gesehen, und seine Absichten sind ebenso rein wie sein Herz. Ist doch so, oder nicht?, fragt er an Mohammad gewandt.

Ja, flüstert Mohammad.

Sprich lauter, Sohn.

Ja, sagt Mohammad.

Schwöre, dass du nie einen Blick auf die unschuldigen Leiber von Hassans Schwestern geworfen hast!

Wallah, ich schwöre.

Schwöre, dass du stets reine Gedanken in deinem Holzkopf da oben hast!

Ja, ja!

Schwöre, dass du dich auch in Zukunft benehmen wirst, wie es sich für meinen Sohn gehört!

Auf jeden Fall!

Schwöre!

Ich schwöre.

Nun, dann ist das geklärt, sagt Ahmed und erhebt die Hand zum Gruß. Nichts für ungut, sagt er zu Hassans Mutter und wedelt mit der Hand in Richtung der Tür. Dann packt er Mohammad am Genick und schubst ihn durch den Hof auf die Straße, wo er ihm, sobald sie außer Sichtweite sind, eine so herzhafte Ohrfeige verpasst, dass sie ihn beinahe aus den Schuhen hebt.

Das war nicht wegen Hassans Schwestern, erklärt Ahmed, sondern wegen deiner Mutter. Sie sitzt zu Hause in der Küche und sorgt sich zum Verrücktwerden.

Als sie zu Hause ankommen, hat Sabiha die fünfte Tasse Kaffee und eine Schachtel Zigaretten intus und befindet sich am Rande eines Anfalls. Mach dir keine Sorgen, Frau, sagt Ahmed, der Junge wollte sich nur mal den knochigen Hintern von Maha Maalouf ansehen.

Wegen des knochigen Hinterteils von Maha Maalouf machst du mir solchen Kummer, ruft Sabiha und wuchtet sich aus dem Sessel. Habe ich nicht schon genug Sorgen? Habe ich nicht schon zwei Söhne verloren? Musste ich nicht schon genug leiden?

Sie zerrt Mohammad in die Ecke, wo die Lampe steht, und verpasst ihm die zweite Ohrfeige des Abends. Dann blickt sie ihm scharf ins Gesicht. Schwöre, dass du nie wieder einen Gedanken an den Hintern von Maha Maalouf verschwenden wirst, und bedenke, dass eine Lüge dich den Kopf kosten kann.

Mohammad, der inzwischen die Nase gestrichen voll hat vom Hinterteil von Maha Maalouf, sagt, ja, ja, ich schwöre.

Na gut. Geh schlafen, und wenn ich dich noch einmal mit diesem kleinen Bastard Hassan sehe, dann wirst du dir wünschen, nie geboren worden zu sein, Allah steh dir bei.

Es gibt nur einen Menschen im Viertel, der furchterregender ist als Mohammads Mutter, und das ist Herr Khatib, den alle nur den Deutschen nennen, weil er einen alten BMW fährt und weil er in Deutschland studiert hat. Herr Khatib ist Mohammads Lehrer und der klügste Mensch, den Mohammad je gesehen hat, er weiß alles über alles.

Herr Khatib wacht über seine Schützlinge mit harter Hand. Alle Jungs, die in die UNRWA-Schule gehen, haben Eltern, die aus Palästina geflohen sind. Für sie gibt es nur diese eine Schule, eine andere dürfen sie nicht besuchen, denn sie sind keine Libanesen und werden es nie sein. Jeder Tag startet mit dem Morgenappell, und dann gibt es Singstunde auf Englisch und Arabisch. Das Schlimmste, was einem Jungen aus der UNRWA-Schule passieren kann, ist, wenn es heißt, dass er kein wahrer Patriot ist. Wahre Patrioten würden für Palästina sterben, das ist allen klar. Mohammad hat immer noch keine Lust für Palästina oder für sonst was zu sterben, aber das sagt er keinem. Trotzdem hängt er weiter mit Hassan Maalouf und seinen Freunden herum und lässt sich ziellos durch die Stadt treiben. Hassan und seine Freunde überlegen, wie und wo sie am besten für Palästina sterben könnten, und das, wonach sie alle trachten, ist ein echter, richtiger Krieg, bei dem sie den Feinden so richtig eins überziehen können.

Herr Khatib legt Wert auf Bildung, das sieht man gleich, wenn man in sein Klassenzimmer kommt. Neben dem Lehrerpult hat er ein Bücherregal stehen, das randvoll ist. Wenn einer der Jungen eine Frage richtig beantwortet, darf er sich ein Buch ausleihen.

Welches ist das intelligenteste Volk der Welt, will Herr Khatib von der Klasse wissen. Die Deutschen, rufen die Jungen zurück, weil Herr Khatib einen BMW fährt und weil er die Deutschen auf eine Weise liebt, wie andere Leute nur Gott und ihre Mutter lieben. Korrekt, Jungens, sagt Herr Khatib. Und warum? Darauf weiß niemand eine Antwort.

Wegen Goethe!, schreit Herr Khatib. Wegen Schiller! Wegen Kant! Wisst ihr, wer Herr Kant war?

Niemand weiß, wer Herr Kant war.

Herr Kant war ein Philosoph, sagt Herr Khatib und hebt seinen Finger in die Höhe. Was ist ein Philosoph?

Irgendein Ausländer, sagt Hassan.

Du bist ein ausgemachter Schwachkopf, Hassan, sagt Herr Khatib. Ein Philosoph ist ein Mensch, der denken kann. Ein Mensch, der sich den großen Fragen des Lebens und des Universums stellt. Was ist ein Philosoph, meine Jungens?

Ein Mensch, der denken kann und sich den große Fragen des Lebens stellt.

Korrekt, schreit Herr Khatib. Also all das, was ihr nicht seid, ihr bedauernswerten Kreaturen.

Was tut ihr eigentlich den ganzen Tag, will Herr Khatib von Mohammad wissen, als er ihn nach der Schule auf dem Schulhof trifft.

Weiß nicht. Wir laufen rum.

Wo lauft ihr rum?

Draußen am Hafen. Am Platz der Märtyrer. Im Wald. Wir

wollen uns der PLO anschließen, fügt er hinzu, bevor ihm einfällt, dass er versprochen hat, dieses Geheimnis mit ins Grab zu nehmen.

Herr Khatib macht ein sehr ernstes Gesicht. Ich will dir etwas sagen, mein Junge. Was die anderen draußen treiben, ist mir egal. In deren Köpfen ist nicht viel vorhanden, das sieht man gleich, und es ist keine große Verschwendung, wenn sie sich draußen herumtreiben wie ein Haufen gehirnamputierter Straßenköter. Aber du bist anders. Du hast was im Kopf, und aus dir könnte tatsächlich etwas werden, wenn du dich entschließt, dein Gehirn endlich zu nutzen. Wenn du dich weiter mit Hassan und seiner Bande herumtreibst, wird das dein Untergang sein, denn Hassan ist ein Dummkopf, der sich auf einer Abwärtsspirale befindet, auf einem Weg, der ihn direkt in den Abgrund führen wird, und dich wird er mit ins Verderben reißen, es sei denn, du entscheidest dich dazu, endlich an deine Zukunft zu denken. Ich weiß, dass du an deinen Bruder Ismael denkst, und ich weiß, dass du seinetwegen so durcheinander bist. Das mit deinem Bruder tut mir leid, aber das ist kein Grund, dich aufzuführen, als gäbe es kein Morgen. Nimm deine Zukunft in die Hand, mein Sohn. Lerne Deutsch.

Es ist die längste Rede, die je ein Mensch an Mohammad gerichtet hat, und obwohl er nur die Hälfte davon verstanden hat, nickt er, wie man es von ihm erwartet.

Nimm das Buch hier, sagt Herr Khatib. Lies es vom Anfang bis zum Ende, und du wirst gesund an Geist und Seele. Und wenn du damit fertig bist, komm zu mir, und ich werde dir von einem Land erzählen, in dem die Straßen so sauber sind wie die Straßen im Paradies. Es ist ein Land, in dem alles seinen Platz hat, in dem eine himmlische Ordnung herrscht und wo ein Junge wie du sein gesamtes Potenzial entfalten kann, solange er nur fleißig und pünktlich und ordentlich ist und die wunderschöne deutsche Sprache beherrscht.

Was Herr Khatib Mohammad in die Hand drückt, ist ein deutsches Wörterbuch, und zu Hause machen sie alle große Augen, weil es so dick ist wie Vaters Oberarm.

Mohammad hütet es wie einen Schatz und erlaubt niemandem, es anzufassen. Er lernt alle Wörter auswendig. Er beginnt mit A wie Aas und arbeitet sich in den folgenden Tagen weiter vor:

Katasteramt, sagt er ein ums andere Mal. Das Katasteramt. Die Katastrophe. Der Kuchen. Die Kuh.

Sabiha hält sich den Kopf und sagt Och und beschwert sich, dass Mohammad den ganzen Tag lang murmelnd durch die Wohnung läuft. Das ist völlig nutzlos, all diese fremden Wörter zu lernen, sagt sie, lern lieber etwas Sinnvolles wie deine Brüder Mahmoud und Ibrahim, die kaputte Autos reparieren können und alles über Zündkerzen und Benzinleitungen wissen.

Sie wiegt das Buch prüfend in der Hand und klopft mit der Hand darauf. Sie öffnet es und blättert die Seiten um, aber die gedruckten Buchstaben sagen ihr nichts – sie kann nicht lesen. Mit einer knappen Bewegung aus dem Handgelenk wirft sie das Buch in die Ecke.

In den folgenden Wochen führt Sabiha einen subtilen Guerillakrieg gegen das Wörterbuch. Wenn sie putzt, fegt sie es vom Tisch und lässt es auf den Boden fallen. Sie tritt versehentlich darauf und befördert es mit ihrer Fußspitze unter den Diwan, wo sich Staubflocken, so groß wie Kaninchen, gesammelt haben. So ausdauernd sie in ihren Attacken auch ist, Mohammad ist ausdauernder. Er fischt sein Wörterbuch unter dem Sofa hervor, holt es aus dem Mülleimer, befreit es von Spinnweben und Suppenflecken. Nachts schläft er mit dem Buch unter seinem Kopfkissen, und tagsüber schleppt er es mit sich herum.

Nach sieben Monaten hat er eine Menge Wörter auswendig gelernt, aber er kann keinen einzigen deutschen Satz bilden.

Bei Allah, sagt Herr Khatib, was hast du mit dem Buch gemacht? Es sieht aus, als hätte es alles Elend der Welt gesehen!

Das kommt ungefähr hin, sagt Mohammad.

Bekümmert streicht Herr Khatib über den zerfledderten Einband.

Was kommt als Nächstes, fragt Mohammad.

Die Grammatik, sagt Herr Khatib mit ernster Stimme und reicht ihm ein neues Buch.

Bedenke, die deutsche Sprache ist geschliffen und präzise wie ein Juwel. Sie ist der Diamant unter den Sprachen. Bedenke dies, wenn du dir die deutsche Grammatik zu Gemüte führst.

Mohammad führt sich die deutsche Grammatik zu Gemüte und verwünscht sie.

Dann schreibt er sich im Goethe-Institut ein.

Deutschland wäre ein Hauptgewinn, sagt Herr Khatib. Das hier ist kein Land für dich, viel zu verlottert.

Mohammad sieht sich um. Die Stadt sieht aus, wie sie immer aussieht: Drüben im Café Libanaise trinken gut gekleidete Menschen Kaffee aus kleinen Tassen, und vor dem Gemischtwarenladen nebenan sitzen alte Männer auf Korbstühlen und rauchen die *Nargileh*. Ein Junge treibt eine kleine Herde Ziegen durch die Straße und achtet darauf, dass keins der Tiere mit den Hufen in die Straßenbahnschienen gerät.

Eigentlich ist alles wie immer, aber plötzlich kommt Mohammad die Stadt irgendwie schmutzig vor.

In Deutschland machst du dein Glück, verspricht Herr Khatib und nickt beschwörend.

Deutschland geht Mohammad nicht mehr aus dem Kopf.

In Deutschland, sagt er zu jedem, der es hören will, sind die Straßen so sauber, dass man vom Boden essen kann.

Warum essen die Leute in Deutschland vom Boden? Sind sie arm?, will Rashid wissen. Er ist noch sehr klein, was erklärt, warum er die Sachlage nicht versteht.

Die Leute in Deutschland sind nicht arm, erklärt Mohammad. Sie sind alle sehr reich, aber wenn sie arm wären und auf der Straße essen müssten, dann hätten sie trotzdem noch Glück, weil die Straßen in Deutschland so sauber und so aufgeräumt sind, dass es eine Freude ist.

Rashid blickt nachdenklich auf die Gasse, in der sich der Abfall türmt. Wenn die Straßen in Deutschland so leer und so sauber sind, wo finden die Armen dann ihr Essen?

Eins muss man dir lassen, Rashid, sagt Mohammad, du überraschst mich immer wieder.

Mohammad bringt Youssef und Rashid in die Grundschule, bevor er sich selbst auf den Weg in die Oberschule macht. Hastig überqueren sie die Straße, behindert von Youssef, der jammert und ruckartig die Beine auswirft wie ein preußischer Soldat im Stechschritt.

Bitte lass das, sagt Mohammad, als Youssef an ihm vorbei hampelt, dafür haben wir jetzt keine Zeit.

Bitte geh nicht nach Deutschland, sagt Youssef, wenn du gehst, muss Ibrahim uns in die Schule bringen, und der ist gemein wie ein Vieh.

Mohammad kniet sich neben Youssef und schüttelt bedauernd den Kopf. Man muss tun, was man tun muss, sagt er. So ist es nun mal, das Leben.

Die Wohnung verdreckt zusehends, weil Sabiha, von Kopfschmerzen außer Gefecht gesetzt, den Diwan nicht verlassen kann. Als die Staubschicht auf Fingerdicke angewachsen ist, nehmen ihre Söhne die Sache selbst in die Hand. Mit Besen und Schrubber bewaffnet, rücken sie dem Schmutz zu Leibe, während Sabiha mit einem kalten Tuch auf der Stirn auf dem Sofa liegt und schläft. Niemand wagt es, ihr zu nahe zu kommen, damit sie nicht aufwacht, und so schleichen alle auf Zehenspitzen um sie herum. Nach einer Weile aber stellen die Jungs fest, dass Sabiha auch dann nicht erwacht, wenn man direkt neben ihrem Kopf laut einen fahren lässt oder einen Blechtopf auf den Steinboden wirft, und so drehen sie das Radio auf.

Mit ihren Besen und Staubwedeln tanzen sie durch die Wohnung, während Elvis »Jailhouse Rock« singt. Mohammad wiegt sich in den Hüften, Ibrahim und Mahmoud klopfen den Takt mit den Füßen, und Youssef und Rashid sausen durch die Wohnung wie zwei aufgezogene Blechspielzeuge. Den ganzen Nachmittag putzen sie die Wohnung von oben bis unten zur Musik von den Beach Boys, den Beatles und Gerry and the Pacemakers.

Bei »Help Me, Rhonda« wacht Sabiha schließlich auf. Sie schlägt erst das eine und dann das andere Auge auf, und als sie beide Augen offen hat, stöhnt sie laut und hält sich die Ohren zu. Mohammad dreht am Radio und findet einen Sender, der eine traurige Melodie von Fairouz spielt, und da macht seine Mutter die Augen wieder zu und schläft weiter.

Die Musik aber bleibt in Mohammads Kopf, und sie bleibt auch in seinen Beinen. Morgens, wenn er zur Schule geht, lernt er die deutschen Konjugationen auswendig, aber in seinem Kopf singen die Contours »Do You Love Me«:

Ich gehe, du gehst, er geht, wir gehen, ihr geht, sie gehen.
Watch me now, Oh!
Ich tanze, du tanzt, er tanzt (und wie er tanzt!)
And I can do the twist (do the twist)
Ich liebe, du liebst, sie liebt –
Do you love me?
Well, do you love me? (do you love me)
Now, that I can dance
Watch me now!

Er hat dir diesen Floh ins Ohr gesetzt, ruft Sabiha und wirft einen Finger nach Mohammad aus, dieser Herr Kitab, oder wie er heißt. Dieser Büchermensch, dein Lehrer. Der lockt dich mit einer List von hier fort, aber du wirst schon sehen, was du davon hast.

Lass den Jungen, sagt Ahmed und schürt das Feuer im Herd, auf dem er das Abendessen erwärmt.

Mohammad ist gerade erst mit seinem Stapel Büchern

aus der Bibliothek nach Hause gekommen und dreht die Augen zur Decke.

Roll gefälligst nicht mit den Augen, droht Sabiha.

Die Brüder senken die Blicke zu Boden und warten auf das Ende des täglichen Streits. Alle außer Ibrahim, der selbstgefällig in seinem Teeglas rührt. Die Familie verlassen, ts, sagt er. Na, das geht auch nicht.

Da steht Mohammad auf, geht ins hintere Zimmer und wirft die Tür hinter sich zu.

Ts, sagt Ibrahim. Also wirklich.

Mohammad kann hören, wie der Schlüssel in der Tür von außen umgedreht wird. Er weiß, dass es Ibrahim ist, der ihn einsperrt. Wahrscheinlich steht er jetzt vor der Tür und reibt sich schadenfroh die Hände. Mohammad wartet einen Augenblick, bis er sicher sein kann, dass sie alle von der Tür weg sind, dann reißt er ein Blatt Papier aus seinem Schreibheft und schiebt es zur Hälfte unter der Tür hindurch. Von innen steckt er einen Bleistift ins Schlüsselloch, sodass der Schlüssel hinunterfällt, genau auf das Blatt Papier. Er zieht beides durch den Spalt unter der Tür und stößt einen Seufzer der Erleichterung aus. Die Abendstunden dehnen sich vor ihm aus wie geschmolzenes Gold, denn jetzt kann er sicher sein, dass ihn niemand beim Lesen stört. So, ihr Idioten, denkt er. Das könnte euch so passen.

Als die Brüder merken, dass jetzt nicht mehr Mohammad der Eingesperrte ist, sondern sie die Ausgesperrten, bricht vor der Schlafzimmertür ein Geschrei aus, das wie Krieg klingt, aber Mohammad steckt sich einfach die Enden seiner gelben Wolldecke in die Ohren und konjugiert weiter seine Verben.

In den folgenden Wochen entwickelt Sabiha einen Ehrgeiz, den ihr niemand zugetraut hätte: Wenn Mohammad aus dem Institut kommt, steht sein Lieblingsessen (Tabouleh und Gewürzreis mit grünen Bohnen) auf dem Tisch, und Sabiha streicht ihm liebevoll über den Kopf. Sie dreht das Radio lauter, damit sie Umm Kulthum besser hören kann, und klopft mit der Hand neben sich auf den Diwan. Komm, sagt sie, trink einen Tee mit deiner armen Mutter und leiste ihr ein bisschen Gesellschaft. Mohammad atmet tief durch und setzt Teewasser auf.

Erzähl mir was, fordert Sabiha ihn auf und zupft ihm liebevoll einen Fussel vom Kragen.

Mohammads Blick huscht von der Tür zur Tasche mit seinen Büchern und wieder zur Tür. Sabiha setzt sich auf dem Sofa zurecht, und dann legt sie los: Wusstest du, dass die Tochter der Maloufs, diese Maha, sich verlobt hat? Die mochtest du doch so gern. Na ja, sie ist jetzt in dem Alter, was soll man machen. Du, mach dir mal keine Sorgen, deine Mutter wird dir schon eine gute Frau finden, eine mit einem gut gepolsterten Hinterteil und mit mehr Anstand. Deine Mutter wird sich schon um alles kümmern, vertrau mir nur.

Mohammad betrachtet geistesabwesend ihren Mund, der sich in rascher Folge öffnet und schließt, und wünscht sich weit fort.

Am nächsten Tag gibt es gebratenes Huhn und süßen Reis mit Zimt und Honig, und Sabiha setzt ihren freundlichsten Blick auf, als sie Teewasser in den Kessel füllt. Setz dich, fordert sie ihn zärtlich auf, setz dich und leiste mir Gesellschaft.

Das ist haargenau nicht das, wonach Mohammad der

Sinn steht, denn seine Zwischenprüfung über die deutsche Grammatik findet in zwei Wochen statt. Er braucht dringend eine Idee.

Gib mir eine Minute, sagt er und hastet aus der Wohnung. Unten auf der Straße steuert er die Apotheke an, deren Türklingel leise scheppert, als er den Verkaufsraum betritt. Innen riecht es nach Hustensaft und Zigarettenrauch.

Ich brauche etwas zum Einschlafen, erklärt er dem Apotheker. Etwas Mildes, nur für ein paar Stunden.

Er hat sich ausgerechnet, dass vier Stunden pro Tag reichen, um die wichtigsten Kapitel der deutschen Grammatik zu wiederholen, bevor die Prüfung stattfindet.

Dann nimm diese hier, mein Sohn, diese bitteren Pillen hier versprechen süßesten Schlaf und sanfte Träume, die denen des Propheten (Friede seiner Seele) gleichkommen. Eine Tablette schenkt acht Stunden ungestörte Ruhe, und du wachst erfrischt und erquickt auf. Na, wie klingt das?

Klingt exzellent, sagt Mohammad.

Als er zurück in die Wohnung kommt, sitzt Sabiha mit säuerlichem Gesichtsausdruck auf dem Diwan und starrt ihn vorwurfsvoll an. Wo warst du denn? Setz dich und unterhalte dich mit deiner Mutter, immerhin habe ich nur dieses eine Leben!

Ist recht, sagt Mohammad und greift zum Teekessel. Er gießt den Tee auf, langt in seine Tasche und zieht das Röhrchen mit den Pillen hervor. Er bricht eine Tablette in der Mitte durch und lässt sie diskret ins Glas fallen. Mohammad gibt drei, vier, fünf Löffel Zucker hinzu und rührt sorgfältig um.

Danke, mein Sohn, sagt Sabiha und nimmt einen kräftigen Schluck. Sie schmatzt zufrieden mit den Lippen, und wenig später liegt sie, alle viere von sich gestreckt, auf dem Sofa und schnarcht wie ein Grizzlybär. Mohammad nimmt eine Decke und legt sie ihr liebevoll um die Schultern. Soll sie sich nur mal ausruhen, denkt er, als er ins hintere Zimmer schleicht und nur ein klein wenig schuldbewusst seine Bücher aufschlägt.

***

Jahre später erzählen mir meine Onkel, wie mein Vater meine Großmutter eingeschläfert hat, damit er lernen konnte, und wie er überhaupt alles tat, um zu lernen, zu lernen und nochmals zu lernen, und ich höre an ihrem Tonfall, dass sie diese Tatsache noch immer fassungslos macht. Er war klug, sagt mein Onkel Ibrahim, so klug. Und selbst mein Onkel Youssef stimmt ihm zu, obwohl er stets darauf achtet, nie mit Onkel Ibrahim einer Meinung zu sein.

Alle von Sabihas Söhnen gingen bei der UNO zur Schule, zum einen weil es palästinensischen Kindern im Libanon nicht gestattet war, staatliche Schulen zu besuchen, und zum anderen, weil man sicher sein konnte, dass die Kinder in der UNO-Schule auch medizinisch versorgt wurden und etwas zu essen bekamen, und das war für eine Familie mit sechs hungrigen Halbwüchsigen nicht unerheblich.

Die UNO, genauer gesagt die UNRWA, das Hilfswerk, das für die palästinensischen Flüchtlinge zuständig ist, hat Leben gerettet, aber es sorgt auch indirekt dafür, dass sich an den Lebensbedingungen der Palästinenser nicht viel ändert. Ohne die UNRWA und ihre Infrastruktur wären Länder wie der Libanon und Syrien kaum in der Lage, die Massen an staatenlosen palästinensischen Flüchtlingen und ihre ebenso staatenlosen Nachkommen zu versorgen, aber andererseits sind diese Länder dank der UNRWA auch nicht gezwungen, etwas an diesem System zu verändern, welches die Palästinenser systematisch an den Rand der Gesellschaft drängt: Sie dürfen bestimmte Berufe nicht ausüben, und Grundbesitz zu erwerben ist ihnen ebenfalls untersagt. Wo immer sie Arbeit finden, verdienen sie nur einen Bruchteil dessen, was ein gebürtiger Libanese verdienen würde. Die UNO fängt eine Winzigkeit des Elends mit Lebensmittelspenden und Flüchtlingsschulen auf – und hält sich ansonsten raus.

Oder wie meine Großmutter zu sagen pflegte: UNO, ts. Was soll uns das bringen?

Es ist April 2011, und ich bin zu Besuch bei Onkel Youssef in Beirut. Eines Morgens nach dem Frühstück beschließt er, dass es Zeit für einen Ausflug ist. Meine Cousinen und ich packen den Proviant zusammen: Fladenbrote, mit *Labneh* und Olivenöl bestrichen, Fleischspieße, die später gegrillt werden sollen und von denen ich nichts essen werde. Einige Schüsseln mit *Tabouleh* und Hummus, von dem wir hoffen, dass er in der Hitze nicht schlecht wird. Scheiben von kalten gebratenen Auberginen und eingelegte Oliven müssen im Kofferraum verstaut werden. Mehrere Flaschen Pepsi und einige Packungen Kartoffelchips finden ihren Platz unter den Rücksitzen. Drei riesige Bündel Bananen und eine große Tüte grüne Mandeln sind für den kleinen Hunger zwischendurch gedacht. Wir verstauen alles in Youssefs winzigem Fiat, und obendrauf packt er noch seine Wasserpfeife. Zu siebt quetschen wir uns in den Wagen, mein Onkel, meine Tante, meine drei Cousinen Lina, Mona, Nora und ich – und Bilal, Linas Sohn. Von außen muss es aussehen wie ein Zaubertrick: Wie viele Clowns passen in ein Auto?

Wir kurbeln alle Fenster hinunter, um Luft hineinzulassen, und dann gibt Onkel Youssef Gas und braust die Ausfallstraße hinunter in Richtung Süden. Hinten auf dem Rücksitz schwitzen wir Schenkel an Schenkel, und ich lehne mich an das offene Fenster und kühle meine Stirn im Fahrtwind. Draußen rauschen Beiruts heruntergekommene Vororte an uns vorbei, wir passieren graue Betonhäuser, Fabriken mit rauchenden Schloten und Brachland mit einer Menge Dattelpalmen, zwischen denen Ziegen weiden. Viele der Häuser hier sind zerstört, der letzte Krieg zwischen Israel und dem Libanon ist erst fünf Jahre her. Zwischen Bombenkratern und hastig hochgezogenen Neubauten prangen an jeder zweiten Hauswand überlebensgroße Bilder von Hassan Nasrallah und diversen Märtyrern – wir sind im Hisbollah-Gebiet, und alles im Libanon ist politisch, selbst die Autobahn.

Ich denke: Die libanesische Bauweise ist praktisch – man baut die Häuser nie ganz zu Ende, damit man immer die Option hat, noch ein Stockwerk obendrauf zu setzen, falls sich die Familie vergrößert.

Ich denke: Wenn Israel den Plan hatte, die Hisbollah mit Bombenangriffen zu schwächen, dann ist das aber gründlich in die Hose gegangen.

Ich denke: Was für ein schönes Land dies sein könnte.

Mein Onkel steuert den Fiat mit einer schwungvollen Armbewegung auf die Landstraße, und dann wird es halsbrecherisch und idyllisch. Die Landschaft im Süden des Libanon ist lieblich und grün, vor allem jetzt im April: Die Schafe auf den Weiden haben Lämmer bekommen, die unter Olivenbäumen liegen. Die Mandelbäume blühen, und vom Meer her weht eine milde Brise, die nach Salz und Sonne riecht. Es ist Arkadien durch und durch.

Irgendwann sind wir am Ende des Landes angekommen. Wir befinden uns in einem malerischen kleinen Dorf, das aus kleinen, gedrungenen Steinhäusern und Olivengärten besteht. Youssef parkt den Wagen am Dorfbrunnen, und dann machen wir uns zu Fuß auf den Weg. Vor uns öffnet sich ein breites Tal, grün wie Smaragd und so weit, dass man den Stacheldrahtzaun, der es durchschneidet, fast nicht bemerkt. Vermutlich deswegen sind davor überall Soldaten postiert. Alle zweihundert Meter stehen jeweils zwei UNO-Blauhelmsoldaten mit Maschinengewehren über der Schulter und blicken starr geradeaus. Mehrere weiße gepanzerte Fahrzeuge mit UNO-Schriftzug patrouillieren entlang der Grenze. Das Ganze ist natürlich ein Witz, denn im Fall eines Krieges oder eines bewaffneten Konfliktes dürfte die UNO gar nicht eingreifen – sie ist lediglich zur Beobachtung hier. Eine Schutzmacht ohne Kampfmandat, es hat beinahe etwas Rührendes.

Wer hingegen wirklich schießen würde, sind die Jungs jenseits der Grenze. Auf der anderen Seite des Grenzzaunes stehen israelische Kampfpanzer aufgereiht, und die Warnschilder, die überall hängen, machen jedem Passanten unmissverständlich klar, dass der nächste Schritt auch der letzte sein könnte – die Panzer sind scharf und schussbereit. Glaubt man den Gerüchten, so ist der Versuch des Grenzübertritts in diesem Teil des Libanon eine beliebte, weil absolut sichere Suizidmethode: Kommt man der Grenze zu nahe, wird man sofort erschossen.

Wir gehen so dicht an den Stacheldrahtzaun heran, wie wir uns trauen. Und wir sind nicht die einzige Familie, die ihren Sonntagsausflug ins Grenzgebiet unternommen hat: Alle paar Meter stehen Frauen, Männer und Kinder und starren staunend nach drüben. Onkel Youssef nimmt Blickkontakt mit einem der UNO-Blauhelme auf, und der nickt und sagt, *Come have a look.*

Wir stellen uns an den Zaun und blicken durch den Stacheldraht. Dort liegt Israel – das Gelobte Land.

Ich weiß nicht, was ich erwartet habe, aber sicherlich nicht das. Es ist das erste Mal, dass ich dieses Land sehe, und es gibt keinen anderen Flecken Erde, der so viele Assoziationen auslöst. Ich denke: Jesus, Maria und Josef. Ich denke: Das sind aber eine Menge Panzer. Ich denke an Holocaust-Überlebende und an Kibbuzim und an Auschwitz. Ich denke an meine Großeltern. Ich denke: Was sind das für Menschen, die dort drüben leben? Wie denken sie? Wie fühlen sie? Und was denken sie über Menschen wie uns, die wir hier am Zaun stehen?

Meine Reaktion ist stark, viel heftiger, als ich es erwartet hatte. Augenblicklich beginne ich zu schwitzen, und mein Herz klopft wie verrückt. Ich weiß nicht, ob ich einer Panikattacke nahe bin oder Tränen der Ergriffenheit, aber als ich meine Hände um den Gitterzaun lege und hindurchschaue, überkommt mich eine komische Sehnsucht und der dringende Wunsch, über diesen Zaun zu klettern und diese Grenze zu überwinden. Ich blicke prüfend nach oben: Der

Zaun ist hoch und mit Stacheldraht umwickelt, aber die Sehnsucht bleibt. Drüben in Israel pflügen ein paar Bauern ihr Feld, und das kommt mir eigenartig unwirklich vor. Von hier aus sieht Israel haargenau so aus wie der Libanon: Es ist die gleiche Erde, die gleichen Bäume, die gleichen Felsen – was kein Wunder ist, schließlich ist die Grenze nur fiktiv. Symbolisch. Eine Halluzination, eine politische Wahnvorstellung.

Meine Sehnsucht weicht einer gewissen Irritation: Plötzlich empfinde ich diese Grenze (alle Grenzen) als ein bizarres Konstrukt. Ich bin in einem geeinten Europa aufgewachsen – wenn ich will, kann ich innerhalb von zwei Autostunden drei Landesgrenzen überwinden, ohne den Wechsel zwischen dem einen und dem anderen Staat auch nur zu bemerken.

Mein Onkel stellt sich neben mich, deutet nach drüben und sagt: *It's your grandparents' home.*

Er hat recht. Was ich dort drüben sehe, sind unsere Wurzeln. Israel. Palästina. Heimat.

Onkel Youssef schlendert zu dem freundlichen UNO-Blauhelmsoldaten und plaudert eine Weile mit ihm. Er stellt sich neben ihn und möchte, dass ich ein Foto mache. Ich bin unsicher, aber Onkel Youssef lässt nicht locker. *Picture, picture!* Etwas verschämt drücke ich auf den Auslöser. Er winkt uns heran, seine Töchter und mich. Auch wir sollen auf das Bild mit dem UNO-Soldaten. *Picture, picture.*

Ein anderer Soldat nimmt die Kamera. Wir rücken näher aneinander, damit wir alle auf das Bild passen, und ich sterbe vor Unbehagen und Scham. Dies hier ist kein Vergnügungspark, keine Touristenattraktion. Es fühlt sich falsch an, ein

Foto zu machen, aber die Soldaten sind das gewohnt. Der Soldat mit dem blauen Helm grinst und winkt in die Kamera. Mein Onkel Youssef will sichergehen, dass der Grenzzaun im Hintergrund zu sehen ist, und dann gibt er das Signal: *Picture, picture! Okay, thank you. Thank you, thank you. Good job.* Sie winken uns nach, als wir in unseren Fiat einsteigen und davonfahren. Wir winken zurück. Ich lehne mich aus dem Fenster, um Israel noch einmal zu sehen, und den Zaun.

Nice guys, sagt mein Onkel und winkt aus dem Autofenster. *I was at UN-School, you know?*

***

Im Grunde sind sie einfach nur Jungs. Jungs, die nie Anwälte oder Ärzte werden. Jungs, die nie einen Fuß ins schicke Orient-Hotel setzen werden, außer vielleicht als Kellner. Jungs, die es nie zu etwas bringen werden. Dieses Wissen sickert jedem Jungen ein, der die UNRWA-Schule für palästinensische Flüchtlingskinder im Viertel Haret Hreik besucht. Für Mohammads Brüder ist es ausgemachte Sache, dass sie keine andere Wahl haben, als sich mit ihrem Schicksal abzufinden, aber Mohammad beharrt darauf, dass einzig das Lesen von Büchern sie vor einem Schicksal als ungebildete Hilfsarbeiter bewahren wird. Mohammad ist davon überzeugt, dass Bücher sie alle in eine vor Möglichkeiten überquellende Welt katapultieren werden, vorausgesetzt natürlich, es sind die richtigen Bücher.

Weil es von der Wohnung in Ashrafieh weit zur Schule ist, muss Mohammad Youssef und Rashid zur Schule bringen, damit sie nicht auf halbem Weg kehrtmachen und den Unterricht schwänzen. Was du einmal im Kopf hast, kann dir niemand mehr wegnehmen, schärft Mohammad seinen Brüdern ein, weil es das ist, woran er selber glaubt.

Was ich einmal im Bauch habe, kann mir niemand mehr wegnehmen, entgegnet Youssef, und er sagt es mit vollem Mund, weil er andauernd isst. Youssef hat begonnen, Essen zu horten, wann immer er die Gelegenheit dazu hat, weil er immerzu hungrig ist. Es ist nicht normal, wie viel dieser Junge essen kann, sagt Sabiha und kratzt sich am Kopf, weil sie nicht weiß, wie sie ihre Schar Jungen satt bekommen soll. Die fressen mir die Haare vom Kopf, jammert sie, aber sie achtet sehr darauf, dass keiner der Nachbarn ihr Klagen hört. Den Nachbarinnen erzählt sie von den großartigen Gerichten, die sie kocht, von Zimthuhn mit Reis und von Pistazienpudding mit Safran und Honig, und dann stellt sie sich an den Herd und kocht Suppe mit Bohnen, weil das preiswert ist und lange satt macht und weil so ein wenig Geld übrig bleibt, mit dem sie ins Kino gehen kann. Immer wenn sie ein paar Groschen zusammenhat, bindet sie sich ein sauberes Tuch um den Kopf und macht sich hübsch, indem sie zweimal auf ein kleines Klötzchen mit Mascara spuckt und diese Mischung in ihre Wimpern reibt. Dann macht sie sich auf den Weg zum Crystal Cinema, wo man für ein paar Piaster zwei Stunden lang der Wirklichkeit entfliehen kann. Im Kinosaal riecht es nach Pfeifenrauch, Karamell und nassen Mänteln, und Sabiha geht hin, wann immer sie kann. Es ist ihr völlig einerlei, welcher Film gezeigt wird, ihr geht es um die Erfahrung als solche, aber die Filme mit John Wayne hat sie am liebsten. Doch dann werden von heute auf morgen ägyptische Filme populär, und als sie *Ein Beduine in Paris* sieht, verliebt sich Sabiha Hals über Kopf in Rushdy Abaza, und John Wayne ist vergessen. Tag und Nacht denkt sie an den schneidigen Schnurrbart von Rushdy Abaza, und wenn sie nach Hause kommt, zieht sie die orangefarbenen Vorhänge zu, zündet sich eine Zigarette an und singt mit heiserer Stimme Lieder von Fairouz und Samira Twefik, und für ein paar Stunden ist sie in einer anderen Welt.

An heißen Sommertagen kann man Sabiha mit an Sicherheit grenzender Wahrscheinlichkeit in der dritten Reihe des Kinos sitzen sehen, wo sie mit offenem Mund und weit aufgerissenen Augen auf die Leinwand starrt, das Gesicht vom Licht der Scheinwerfer gespenstisch angeleuchtet, während hinter ihr der Projektor surrt. Wenn sie dann blinzelnd auf die Straße ins helle Tageslicht tritt, weigert sie sich, die Realität zur Kenntnis zu nehmen, und träumt sich an weit entfernte Orte wie Paris, wo die Boulevards so prachtvoll sind wie die Boudouirs und wo es süße Pasteten in Hülle und Fülle gibt, sodass niemand jemals Hunger leiden muss.

Einmal im Monat geht sie mit ihren Lebensmittel-Berechtigungsscheinen ins UNRWA-Büro. Dort steht sie gemeinsam mit anderen palästinensischen Frauen in einer Schlange und wartet, bis sie aufgerufen wird. Der Mann am Schalter sagt ihr, dass die Berechtigungsscheine nur für Kinder unter achtzehn Jahren gelten, und da zwei ihrer Söhne bereits älter sind und arbeiten, kann sie nur drei Berechtigungsscheine einlösen. Tut mir sehr leid, meine Dame, und guten Tag weiterhin.

Als Sabiha nach Hause kommt, schimpft sie eine volle

Stunde lang auf die UNO, und dann setzt sie sich hin und weint eine weitere Stunde, weil sie nicht weiß, wie sie alle satt werden sollen, weil das Geld hinten und vorne nicht reicht.

Mahmoud und Ibrahim arbeiten in der Autowerkstatt, und jeden Abend kommen sie nach Öl und Benzin riechend nach Hause und liefern ihren Lohn ab, aber das reicht nicht, denn die Kohlen für den Herd sind teuer geworden, und Reis und Bohnen sind teuer geworden, und Strom ist unbezahlbar, und deswegen sind sie jetzt auch noch mit der Miete vier Wochen im Rückstand.

Der Mann, der die Miete kassiert, verliert langsam die Geduld. Er sagt zu Sabiha, wenn sie das Geld nicht binnen eines Monats auftreibt, muss er sie auf die Straße setzen, Barmherzigkeit hin oder her.

Sabiha setzt sich auf den Diwan und fragt sich, wo sie denn, bei Allah, das Geld hernehmen sollen, und als Ahmed nach Hause kommt, fragt sie ihn, wie sie denn nur, Allah steh uns bei, die Miete für vier Wochen auftreiben sollen, und als Ibrahim und Mahmoud nach Hause kommen, fragt sie, wie sie denn nur, Allah möge uns endlich einmal gnädig sein, ihre Schulden tilgen wollen, wo doch die Ausgaben täglich die Einnahmen um ein Vielfaches übersteigen. Dann legt sie sich ins Bett, schließt die Augen und sagt Uff und weigert sich aufzustehen.

In den kommenden Wochen verdoppeln sie alle ihre Anstrengungen. Statt mit Kohlen heizen sie mit Holz und Lumpen, und Rashid fällt die undankbare Aufgabe zu, mit einem Karren im Brachland vor der Stadt Holz sammeln zu gehen. Rashid sagt, er hoffe nur, dass ihn keiner der Jungs aus der Schule dabei sieht, denn es gibt nichts Peinlicheres, als wenn jemand Holz im Wald sammeln muss und jeder sehen kann, dass man sich nicht einmal Kohlen für den Herd leisten kann. Ahmed sagt, halt den Mund, wir sind nicht in der Position, uns wie große Herren aufzuführen.

Es gibt Suppe, die jeden Tag dünner wird, und ab und zu ein paar Kartoffeln. An Kino ist nicht mehr zu denken. Youssef heuert bei Elias, dem Schuhmacher, an, der seine Werkstatt im Hinterhof hat. Dort putzt er für ein paar Piaster am Tag Schuhe mit einem weichen Baumwolltuch und einer Menge Spucke, und er lernt, Leder zuzuschneiden und Ösen zu stanzen. Ibrahim schämt sich zu Tode, weil sein Bruder Schuhe putzt wie ein gewöhnliches Bettelkind und weil sein anderer Bruder Holz sammeln geht, als wären sie obdachlos. Er weigert sich, sich gemeinsam mit seinen Brüdern irgendwo sehen zu lassen, und wenn er einen von ihnen auf der Straße trifft, tut er so, als würde er sie nicht kennen. Aber wenn jemand in die Werkstatt kommt, der nach Geld riecht, dann krempeln Ibrahim und Mahmoud die Hemdsärmel hoch und arbeiten so schnell und so sorgfältig, wie sie können, und sie heimsen mehr Trinkgeld ein, als alle anderen Mechaniker weit und breit.

Nur Mohammad sagt nicht viel zur finanziellen Krise der Familie Osman. Er ist wieder dazu übergegangen, die Schutthalden der Stadt zu durchforsten, und jedes Mal, wenn er ein altes Radio oder ein paar weggeworfene Drähte erspäht, nimmt er die Sachen mit nach Hause. Binnen weniger Tage hat er ein Dutzend Radios repariert und trägt sie zum Laden an der Ecke, der Hausrat und Elektrogeräte verkauft. Sie sind wie neu, versichert Mohammad und schaltet eines an, zu Demonstrationszwecken. Er fährt die Antenne aus und schiebt den Regler über die ganze Skala und sucht auf Kurzwelle weit entfernte Sender. Der Laden füllt sich mit schottischer Dudelsackmusik, argentinischen Flamencos, französischen Nachrichten, afrikanischen Trommeln, amerikanischen Hits und deutschen Schlagern. Mohammad hört die Musik und sieht vor seinem inneren Auge die prächtigen Wolkenkratzer New Yorks und Chicagos, französische Boulevards mit Cafés, in denen Philosophen sitzen und Champagner trinken, er sieht Kamelkarawanen durch die Weiten der Sahara ziehen, er sieht grasbewachsene Ebenen, in denen Hirten wandern und nach ihren Ziegen rufen. Er hört Kirchenmusik und die Rufe der Muezzins aus dem fernen Mekka. Er hört Elvis und die Beatles und die Glocken von Big Ben. Der Händler sagt, lass das an, Junge. Lass es an, lass uns die weite Welt anhören. Sie stehen lange im Laden und hören der Welt zu.

Der Händler gibt Mohammad etwas Geld für die Radios, und er geht nach Hause, legt die Scheine in das geschnitzte Holzkästchen, in dem Vater das Geld aufbewahrt, und dann spaziert er durch das Viertel und stellt sich vor, in New York zu sein, in London, in Paris. Er stellt sich vor, in einem Land zu leben, in dem niemand seine Abfälle auf die Straße schmeißt und wo niemand Haschisch im Hinterhof anbaut, wo die Leute genug zu essen auf dem Teller haben und alle Wohnungen ein eigenes Klo haben und wo ein Mann wie er eine Zukunft hat. Er träumt von einem Land, in dem es keine Flüchtlingslager gibt, in denen Kinder von Ratten angenagt werden, und wo niemand bei der UNO um Lebensmittel betteln muss.

Wir haben zu wenig zum Leben und zu viel zum Sterben,

der UNO sei Dank, sagt Ahmed und zählt das Geld auf den Küchentisch. Es reicht. Gerade so. Palästinenser zu sein ist wie eine Strafe, sagt Ahmed, und daran gibt es nichts zu rütteln.

***

Viele Jahre später, im Oktober 2013, stehe ich in einem Gebäude der UNO in New York vor einem Publikum aus gut situierten New Yorkerinnen und erzähle ihnen die Geschichte meiner Familie, die nur zum Teil meine eigene ist. Ich spreche über das Palästinensischsein, als wüsste ich, was das bedeutet. Ich spreche darüber, wie ich, als Tochter eines palästinensischen Flüchtlings, im Jahr zuvor ein paar Israelis im Internet kennenlernte und wie wir Freunde wurden und wie wir eine Bewegung gründeten, um noch mehr Menschen dazu zu bringen, Freunde zu werden, auch wenn sie eigentlich Feinde sind.

Meine Hände schwitzen und zwischendurch verliere ich den Faden und muss mich räuspern und von vorne anfangen. Reden vor Publikum ist entschieden nicht meine Sache, ich werde mir dann meines eigenen Körpers und meiner Stimme unangenehm bewusst.

Von da, wo ich stehe, kann ich das grün verglaste UNO-Hauptgebäude und den East River sehen, und ich erinnere mich, dass der israelische Premierminister dort vor exakt einem Jahr über genau dasselbe Thema schwadroniert hat, nur mit anderen Vorzeichen, und zwar in der UNO-Hauptversammlung im September 2012. Dort erklärte er, dass aus Feinden niemals Freunde werden können, auch wenn man sich noch so sehr auf den Kopf stellt. Um dies zu unterstreichen, zog er mit schwungvoller Geste ein großes Blatt Papier hervor, auf das er eine Bombe mit sehr kurzer Zündschnur gemalt hatte, und erläuterte seinem irritierten Publikum anhand dieser Kinderzeichnung, dass Krieg das einzige Mittel sei, um Krieg zu verhindern. Ungelogen.

Ein Jahr später stehe ich hier und versuche zu erklären, warum der Mann damit falschliegt. Ich erzähle von Feinden, die zu Freunden wurden, einfach indem sie begannen, einander als Menschen zu sehen. Ich spreche von Frieden und Freundschaft, und wenn ich mich richtig erinnere, nehme ich sogar das Wort *Versöhnung* in den Mund. Natürlich ist das alles eine Utopie, meine israelischen Freunde und ich sind nichts als Träumer. Hippies und Idealisten mit einem Hang zum Wunschdenken.

Aber dann wiederum ist dies hier New York City, und wenn es eine Stadt der Träumer und Idealisten gibt, in der der Geist John Lennons noch allgegenwärtig ist, dann ist es diese heruntergekommene Glitzerstadt.

Imagine all the people, livin' life in peace …

Sie haben ihm hier sogar ein Denkmal gesetzt, drüben im Central Park. Ich bin daran vorbeigekommen, auf dem Weg hierher, dort sitzen Leute im Kreis, meditieren über den Frieden und rauchen Pot, als wären es noch immer die Siebziger.

Ich spreche also von Frieden, ganz im Geiste von John und Yoko und all den anderen, die diese Idee schon vor mir hatten, und hoffe, dass niemand merkt, dass auch mein Optimismus langsam schwindet. *War is over, if you want it.*

Dann denke ich an meinen Vater und wie er in einer

Schule der UNO seinen Abschluss machte, und ich frage mich, was er dazu sagen würde, wenn er sehen könnte, dass ich in deren Hauptquartier seine Lebensgeschichte ausbreite.

Es ist Oktober 2017. London im Herbst ist fabelhaft, aber ich habe keinen Blick für das Herbstlaub im Hyde Park, weil ich einen Vortrag auswendig lerne. Diesmal soll ich im House of Lords über den Nahostkonflikt sprechen, und wieder fühle ich mich überfordert. Ich sitze in der Central Line und zerreiße den Zettel, auf dem ich mir Notizen zu meinem Vortrag gemacht habe. An der Station Westminster steige ich aus und werfe die Schnipsel in einen Mülleimer. Das britische Parlament liegt am Ufer der Themse und leuchtet neonorange in der Abendsonne, und man versteht genau, warum es damals an diese Stelle gestellt wurde. Ich werde an der Pforte empfangen und durch eine Sicherheitsschleuse geleitet. Dann bekomme ich ein Namensschild, das ich mir anheften soll, und ein Sicherheitsbeamter führt mich durch ein paar enge Korridore, die mit sehr dicken Teppichen ausgelegt sind. Es sieht aus wie in einem plüschigen englischen Hotel, und ich wundere mich ein wenig über die Proportionen der schmalen Flure, aber dann geht schon die Tür auf, und ich stehe in einem blau, gold und grün tapezierten Saal mit rotem Teppich, und ein Dienstmädchen mit weißer Spitzenschürze und passender Haube serviert mir Tee.

Alles ist so britisch, dass ich mich frage, ob sie das hier ironisch meinen, aber bevor ich den Gedanken zu Ende denken kann, füllt sich der Saal, und meine Handflächen beginnen zu schwitzen. Der Gastgeber dieser Veranstaltung,

Lord Stone of Blackheath, gibt mir höflich die Hand. Parlamentarier, deren Namen und Funktion ich nicht kenne, drängen in den Saal. Ich sehe mich um: Neben mir gibt es mehrere andere Rednerinnen, meine Augen treffen die einer jungen Frau mit hellbrauner Haut und reich bestickter Bluse. Saudi-Arabien denke ich. Oder Afghanistan. Wir lächeln uns nervös an, und dann betritt sie das Podium und spricht. Ich habe falschgelegen, die junge Frau stammt aus Gaza. Sie ist Palästinenserin, viel mehr als ich. Sie spricht von ihrer Jugend in Gaza, von der Schule, die sie nicht besuchen konnte, von den Ländern, die sie nicht bereisen konnte, und vom Frieden, auf den sie immer noch wartet. Ich sitze im Publikum und fühle mich wie eine Hochstaplerin, weil ich genau weiß, *wovon* sie spricht, ihre Erfahrungen aber nie selbst machen musste. Lord Stone bemerkt meinen Gesichtsausdruck und lächelt mich über seine Goldrandbrille an, sehr freundlich und sehr aufmunternd. So wie man ein Kind anlächelt, das den ersten Schultag vor sich hat und kurz davor ist, sich vor Angst in die Schultüte zu erbrechen. Dann fällt mein Name, jemand stellt mich vor, ich erhebe mich und betrete die Bühne, und während ich durch meinen improvisierten Vortrag mäandere, denke ich darüber nach, dass ich eigentlich keine Ahnung habe, wovon ich spreche, denn alles, was ich über die Sache erzählen kann, habe ich aus zweiter Hand: von den Menschen, die ich in Israel und in den Palästinensergebieten getroffen habe und die mir ihre Geschichten erzählt haben.

Frieden, das ist ein großes Wort, und ich benutze es, wenn ich von einer Begebenheit erzähle, in der ein Palästinenser und ein Israeli beschließen, statt Feinden Freunde zu sein, und als ich damit fertig bin, sind die Leute im Publikum am Weinen und Klatschen, und ich fange den Blick der Frau aus Gaza auf, und sie sieht mich an und ich sehe sie an, und wir wissen es beide. Frieden. Ein zu großes Wort.

Seit dem Tag, an dem ich gemeinsam mit meinem Onkel Youssef über den Grenzzaun blickte, ging mir dieser Konflikt nicht aus dem Kopf. Ich begann, darüber zu lesen, und verstand doch nichts. Ich versuchte, Antworten zu finden, und begriff, dass ich die falschen Fragen stellte. Dann, wie aus dem Nichts, traf ich zwei Israelis im Internet, Ronny und Michal, und wir wurden Freunde. Einfach so.

Zwei Jahre nachdem ich Israel aus der Ferne durch Stacheldraht betrachtet hatte, bin ich zu Besuch bei meinen neuen israelischen Freunden, Menschen, die ich bisher nur vom Bildschirm meines Laptops kannte. Wir erzählen uns die Geschichten unserer Familien. Es sind alles Geschichten von Flucht. Die Vorfahren meiner israelischen Freundin Michal, jedenfalls diejenigen, die nicht von den Nazis ermordet wurden, sind aus Polen geflohen. Meine Großeltern sind aus Palästina geflohen. Wir vergleichen nicht das Leid unserer Ahnen, denken nicht darüber nach, wer mehr Kummer in seinem Familienstammbaum angehäuft hat, denn wir finden, dass es ein Unding ist, Traumata gegeneinander aufzuwiegen, genauso wie es ein Unding ist, mit der Größe seines Atombombenarsenals zu prahlen. Trotzdem sehe ich Michal an und frage mich, wie sie es aushält. Wie sie es aushält, dass ihre Großmutter die Einzige in der Familie ist, die den Holocaust überlebt hat. Wie erträgt sie die Tatsache, dass fast ihre gesamte Familie ermordet wurde? Wie hält sie es aus, das Jüdischsein in einer Welt, die zusehends antisemitischer wird? Wie hält sie die Angst aus, die Bedrohung?

Wenn ich im Ausland bin, vertraut Michal mir an, rede ich nur englisch, nie hebräisch.

Plötzlich fühle ich mein Deutschsein sehr stark. Und das Palästinensischsein auch.

Michal lacht. Ist das nicht witzig?, sagt sie. Da sitzen wir jetzt, und du bist, was du bist, und ich bin, was ich bin. Und all das spielt überhaupt keine Rolle. Wir sind Frauen, das verbindet uns. Und Künstlerinnen. Und Freundinnen. Das ist Frieden. Ist es nicht so?

Es ist so. Und trotzdem herrscht Krieg.

Die erste Begegnung mit dem Krieg hatte meine Familie, als aus dem Mandatsgebiet Palästina der Staat Israel wurde und als meine Großmutter mit ihren Kindern schreiend vor Angst unter dem Tisch lag und mein Großvater blutend in einem Krankenhaus um sein Leben kämpfte. Die zweite Begegnung mit dem Krieg hatten sie, als im Jahr 1975 der libanesische Bürgerkrieg ausbrach. Danach folgten noch ein paar weitere Kriege, gefolgt von einer Serie von Autobomben und Anschlägen und einer Handvoll Revolutionen, aber da waren alle schon abgehärtet. Der Fatalismus ist den Libanesen zu eigen, aber perfektioniert haben ihn die Palästinenser, die ihre Resignation stets mit einer Prise Wut und Zynismus würzen.

Das taten sie auch, als sie Dreh-, Angel- und Ausgangspunkt des libanesischen Bürgerkriegs wurden.

Die Geschichte geht so: Eines Tages, am 13. April des Jahres 1975, flog ein Linienbus in die Luft, der bis unters Dach mit Palästinensern vollgepackt war, die gerade auf dem Weg zur Arbeit waren. Verursacher dieses Anschlags waren die maronitischen Phalange-Milizen, eine christlich-nationalistische und prowestliche Gruppierung, die die Nase bis oben hin voll hatte von den brutalen Gewalttaten der PLO, die seit 1970 ihr Unwesen im Land trieb. Die PLO, eine palästinensische Terrorgruppe, war nämlich gerade dabei, im Libanon klammheimlich einen Staat im Staate zu errichten und das prekäre Gleichgewicht der Konfessionen zu zerstören, hauptsächlich um dem arabischen Nationalismus zu frönen, und ein bisschen auch wegen Israel. Um das zu verhindern und weil die PLO schon begonnen hatte, das Land zu terrorisieren, knallten die Christen fortan Muslime ab, und aus Zorn darüber erschossen Muslime Christen, wo immer sie sie finden konnten. Am Ende kämpften bis zu achtzig verschiedene Milizen gegeneinander, aber da waren die ursprünglichen Allianzen und Fronten bereits so sehr verwischt, dass keiner mehr genau wusste, wofür oder wogegen man eigentlich kämpfte. Es gab einen Zeitpunkt, an dem hatte jede Gruppe mindestens einmal sowohl mit- als auch gegeneinander gekämpft, und spätestens da hatte der Krieg jegliche Logik verloren. Wichtig war nur, auf der Seiten der Guten zu stehen, und dieses Prädikat nahm jede Splittergruppe für sich in Anspruch, was auch der Grund dafür war, dass alle die von ihnen verübten Massaker mit dem Wort *Vergeltung* rechtfertigten.

Am Anfang nahm sich der Krieg jedoch wie ein Witz aus: Der Anschlag auf den Autobus war so etwas wie der Tropfen, der das Fass zum Überlaufen brachte, und binnen kürzester

Zeit kochte das Land über, und jedermann schwor blutige Rache. Am Abend des 14. April hatten verschiedene Gruppen und Milizen einander Fäuste schwingend den Krieg erklärt, und an allen Straßenecken tauchten Milizionäre auf, meistens gerade der Schulbank entwachsene junge Männer, die, mit den alten Flinten ihrer Großväter bewaffnet, die Passanten kontrollierten. Ein junger Mann in einer selbst gebastelten Uniform hielt einmal meine Großmutter auf und fragte nach ihren Papieren. Sie blickte ihn irritiert an, woraufhin er eine verrostete Muskete hob und ihr vors Gesicht hielt. Sie steckte einen Finger in die Mündung und schob den Soldaten mit den Worten beiseite, sie müsse jetzt zum Markt, Gemüse einkaufen, und er solle ihr gefälligst Platz machen, sie sei schließlich keine fünfundzwanzig mehr.

Später erzählte sie beim Abendessen, was sie an dem Kerl so irritiert hatte, es war nämlich so, dass er über seiner Fantasie-Uniform eine rosafarbene Federboa getragen hatte, genauso eine, wie Marlene Dietrich sie im Film *Der Blaue Engel* trug.

Von da ab war für meine Großmutter klar, dass dieser Krieg, oder wie man diese Ereignisse auch nennen wollte, die Ausgeburt eines wahnsinnigen Hirns sein musste, eine Absurdität, die von einer Herde Geisteskranker erdacht worden war. Eine Parade der Verrückten, ein Karneval der Bekloppten, die nichts anderes im Sinne hatten, als den normalen Menschen das Leben noch schwerer zu machen, als es ohnehin schon war.

Nur mein Großvater erkannte die Bedrohung, weil er die Zeichen las: Er sah es in den kalten Blicken der Milizen, in den hastig auf Hausmauern geschriebenen Parolen voller Hass, in den misstrauischen Blicken der Nachbarn, die Christen waren. Wir müssen umziehen, sagte er ein ums andere Mal, aber wohin, wusste er auch nicht.

Langsam verwandelte sich die Stadt in einen Schützengraben. Die Grenze verlief direkt in der Mitte, im Westen herrschten die Muslime und im Osten die Christen. Ganz zu Anfang konzentrierten sich die Kämpfe auf die Innenstadt, auf die Gegend rund um den Platz der Märtyrer, dort, wo die großen Luxushotels standen. Heckenschützen postierten sich auf den Balkonen und Dächern der Hotels und feuerten mit einer Leidenschaft aufeinander, die an Manie grenzte. Doch dann verlagerten sich die Kämpfe auch auf die Wohnviertel, und bald schon zeigte sich, dass es nicht mehr sicher war, sich nach Einbruch der Dunkelheit auf die Straße zu begeben. Und dann war es auch am Tag unsicher. Selbst in den Wohnungen war niemand mehr sicher, denn die ganze Straße war voller Heckenschützen, die auf alles schossen, was sich bewegte: Auf streunende Hunde. Auf flatternde Vorhänge. Auf Tauben, die nach Gräsern pickten. Auf Passanten, die hastig von Hauseingang zu Hauseingang huschten, mit vor Angst pochenden Herzen und eingezogenen Köpfen. Auf meinen Onkel Rashid.

Es war in den Abendstunden, als sich die Dämmerung über die Stadt legte wie eine Decke. Obwohl es bereits kurz nach der Sperrstunde war, hoffte Rashid, dass die Dunkelheit ihn schützen würde, wenn er über die Straße ging. Er ging gebückt, immer im Schatten der Laternen, und es waren nur ein paar Meter, aber sie erwischten ihn trotzdem. Ein Heckenschütze schoss ihm direkt in den Bauch, und er ging zu Boden, genau in der Mitte der Straße, wo seine Eltern ihn von den Fenstern der Wohnung aus sehen konnten. Sie konnten beobachten, wie das Leben langsam aus ihm wich und wie sich um seinen Leib eine rote Pfütze bildete. Sie müssen ihn schreien gehört haben.

Rashid war neunzehn. Er hatte einen Freund besucht, der auf der anderen Straßenseite wohnte, einen Christen.

Als meinen Vater die Nachricht vom Tod seines jüngsten Bruders erreichte, lebte er bereits in Deutschland, wo er ein Praktikum machte und jeden Tag die Nachrichten anhörte, um auf dem Laufenden zu bleiben. So erfuhr er von den Heckenschützen, von den Bombardements, von den Milizen, von den Massakern. Vom Tode seines kleinen Bruders erfuhr er per Telegramm. Er sprach nie wieder darüber, und so wurde Rashid ein Geist, genau wie Ismael einer geworden war, genau wie das Baby Mohammad einer geworden war. Sie wurden zu Geistern, die in den Seelen der Überlebenden wohnen. Sie wohnen in den Pausen, die mitten in einem Gespräch entstehen, in der Stille, in der die Augen starr werden, in den Tränen, die hastig fortgewischt werden. Sie wohnen in den Albträumen der Überlebenden, aus denen sie in der Nacht hochschrecken, mit angespannten Gliedern und Panik im Herzen. Sie wohnen in der Erinnerung, sichtbar für einen Augenblick in der Erzählung meines Onkels Mahmoud, der mit brüchiger Stimme erzählte und innehalten musste, wenn ihn die Gefühle überwältigten. Sie wohnen in der verneinenden Kopfbewegung meines Onkels Youssef, der nicht erzählen kann, der sagt, ich kann nicht, *too painful.*

Sie wohnen in der Wut meines Onkels Ibrahim und im

Wahnsinn, der schließlich meine Großmutter befallen hat, in den letzten Jahren ihres Lebens. Sie wohnen in mir. Sie wohnen in diesen Seiten. Das Baby Mohammad, Ismael, Rashid und mein Vater. Wie Gespenster wandern sie durch unsere Familie, und wir wissen nicht, ob das etwas Gutes ist oder nicht.

Trauma zieht sich durch unsere Familie wie ein rezessives Gen. Es manifestiert sich in Schlaflosigkeit und wiederkehrenden Albträumen, in unerklärlicher Traurigkeit und quälender Scham. Es ist die Scham der Überlebenden.

Trauma macht einen zum Außenseiter. Man denkt anders, man fühlt anders, man handelt anders. Das Anderssein ist beschämend.

Das Trauma ist sichtbar in unserer Art, uns zu bewegen – mühevoll, als fehlte uns der innere Schwerpunkt. Das Trauma ist spürbar in der Art, wie wir uns in dieser Welt nicht sicher fühlen, wie wir uns immer ein wenig verloren und verlassen fühlen und stets nach einem Mittelpunkt suchen, nach einer Heimat, einem Zuhause, nach Geborgenheit.

Das Trauma manifestiert sich in den Narben auf dem Bein meiner Cousine Aida, Ibrahims Tochter, die sie sich zugezogen hat, als sie während des Bürgerkriegs von einem Granatensplitter erwischt wurde. Aida war gerade auf dem Weg zur Schule, als die Granate im Haus neben ihr einschlug, der Splitter steckt noch immer in ihr. So steckt das Trauma in uns allen – zwar ist die Gefahr längst vorüber, aber die Narben bleiben, und sie schmerzen oft bei kaltem Wetter.

Der Bürgerkrieg dauerte fünfzehn Jahre, so lange, dass es

den Leuten schien, als würde er nie enden und als hätte es nie etwas anderes gegeben. Er wurde zum Alltag, zu etwas, das man hinnehmen muss wie das Wetter. Kinder wurden geboren und kannten nichts als den Krieg – und als dann der Frieden kam, fanden sie sich darin nicht zurecht.

Während des Bürgerkriegs heiratete mein Onkel Mahmoud und zog mit seiner Frau weit fort in die Türkei, um in Sicherheit zu sein. Auch mein Onkel Ibrahim heiratete und kaufte einen Bagger, mit dem er ein kleines Vermögen machte, indem er damit gegen Geld den Schutt des Krieges von den Straßen räumte. Ab und zu fand er einen Granatensplitter oder Patronenhülsen, und die sammelte er ein, lötete sie zusammen und schaffte daraus Kunstwerke. Bei einem meiner Besuche zeigte er mir eines davon. Es war eine Taube, die einen Olivenzweig im Schnabel hatte, geschmiedet aus den Splittern von Handgranaten.

Mein Onkel Youssef heiratete und wurde Schuster. Während des Krieges wuchsen meine Cousinen in Beirut auf, spielten in Bombenkratern und wurden erwachsen.

Während im Libanon der Krieg tobte, wurde ich in Deutschland geboren, wo jener Krieg nur eine Meldung in der Zeitung oder in der Tagesschau war und wo die Bilder der zerbombten Stadt wie ein fernes Mahnmal wirkten. Während der Krieg tobte, wurde Rashid erschossen, starb kurz darauf mein Großvater alt und gebrochen, kam mein Vater um, wurde meine Großmutter wahnsinnig und starb schließlich im Glauben, all ihre Söhne seien noch immer bei ihr.

Dann kam der Frieden. Er wirkte brüchig, entpuppte sich aber als erstaunlich haltbar, hauptsächlich weil die ehemaligen Warlords es alle geschafft hatten, einen Posten in der neu gebildeten Regierung zu ergattern, und sich das auf lange Sicht bezahlt machte. Aber die Dinge, die man unter den Teppich kehrt, haben es so an sich, irgendwann wieder hervorzukriechen, und niemand weiß das besser als die Menschen im Nahen Osten.

Der libanesische Bürgerkrieg war einer der blutigsten und längsten Kriege, die es in der Region je gegeben hat, aber einzigartig war er nicht, und noch heute streckt er seine Tentakel aus und droht damit, jederzeit neu auszubrechen.

Die Spuren jenes Krieges sind bis heute sichtbar in den Hausmauern und spürbar in der Mentalität eines ganzen Volkes. Was aber niemand wissen konnte, war, dass er nur der grausame Anfang einer ganzen Reihe von Kriegen und Scharmützeln war.

Es ist Sommer 2006, und in München ist es so heiß, dass wir alle nur gerade so viel anhaben, dass wir nicht verhaftet werden. Ich lerne für meine Zwischenprüfung an der Uni, ich studiere ausschließlich Dinge, die mir gefallen: Literatur, Theater und Kunst. In Kürze soll ich eine Prüfung darüber ablegen, wie der Transzendentalismus die amerikanische Literatur geprägt hat und warum. Ich lese Emerson und versuche herauszubekommen, was er damit meint, wenn er sagt, dass ein Individuum in einem von zwei Zuständen leben kann: im degenerierten Zustand der monotonen äußeren Welt mit ihren irdischen Anhaftungen und Dramen oder als ein höheres, geistiges Wesen, frei von Anhaftungen und gesellschaftlichem Druck, eins mit sich und der Welt.

Ich möchte gerne eins mit mir und der Welt sein und

keinem äußeren gesellschaftlichen Druck unterliegen, aber das Examen ist in zwei Wochen, und ich muss mir noch die Theorie des europäischen Surrealismus ins Gehirn drücken.

Um mich abzulenken, schalte ich den Fernseher an, und da ist Krieg. Ich habe nur halb mitbekommen, dass es wieder Kämpfe gab, einerseits weil ich so mit den Anhaftungen der akademischen Welt beschäftigt war, andererseits weil es immer Kämpfe gibt – ein gewalttätiges Grundrauschen umgibt den Nahen Osten wie das Geräusch eines summenden Bienenschwarms.

Aber das hier ist ernst, das sieht man gleich. Die Hisbollah feuert eine Menge Raketen in Richtung Israel, und auf Beirut fallen eine Menge israelischer Bomben. Ich kneife die Augen zusammen und versuche auf den Bildern der Tagesschau etwas zu erkennen – eine mir bekannte Straße, eine vertraute Häuserzeile. Doch die Skyline von Beirut ist mir nicht so vertraut wie die Skyline von München, weil sie sich fortwährend verändert und die ganze Stadt schneller wächst, als man es überhaupt für möglich hält. Doch jetzt brennt sie. Man sieht schwarzen Rauch und Feuer, und die Stimme des Nachrichtensprechers ist ernst, als er sagt, dass die Angriffe sich in der vergangenen Nacht ausgeweitet hätten. Die Rede ist vom Süden, ich weiß nicht, ob er den Süden des Landes oder den Süden der Stadt meint. Ich versuche mir die Stadtviertel von Beirut ins Gedächtnis zu rufen. Meine Cousinen leben im Viertel Corniche Mazra, oder war es Sin el Fil? Bei meinen spärlichen Besuchen war ich mehr mit Sightseeing und Shopping beschäftigt als mit Geografie, und augenblicklich fühle ich mich ganz zittrig. Ich greife zum Telefon und wähle die Nummer meiner Cousine Aida, die ich erst im Jahr zuvor besucht habe. Aida hat vor Kurzem eine Tochter bekommen, Lana, ihr zweites Kind. Es klingelt. Als sie abhebt, fällt mir ein Stein vom Herzen. *Âllo*? Ihre Stimme klingt erschöpft.

Aida? It's me, Joana. How are you?

It's a mess, sagt Aida und erzählt, dass sie seit Tagen im Treppenhaus sitzen, wo es keine Fenster gibt, durch die Granatensplitter eindringen könnten. Ihr Sohn Ahmed spielt mit den leeren Konservendosen, während sie ihre Tochter stillt und ein provisorisches Abendessen aus kalten Dosenerbsen und Kartoffelchips serviert, alles auf den Steinstufen zwischen dem achten und dem neunten Stockwerk ihres Apartmenthauses.

Sie hat das schon mal erlebt, als Kind im Bürgerkrieg. Das Kampieren im Treppenhaus aus Angst vor Granatensplittern und den Heckenschützen vor den Fenstern.

Ich höre, wie sie aufsteht und die Wohnungstür öffnet. Ab und zu muss ich hineingehen und Essen holen, oder Windeln, sagt sie. Jedes Mal wenn ich aus dem Fenster sehe, ist da eine neue Rauchsäule.

Ich versuche, die Bilder aus meinem letzten Urlaub bei ihr und die Bilder aus dem Fernsehen miteinander in Einklang zu bringen. Dann höre ich ein seltsames Geräusch, laut, dumpf und mit einem schweren Nachhall, der irgendwie endgültig klingt. Ich habe nie ein vergleichbares Geräusch gehört und kann es nicht zuordnen, aber mein plötzlich beschleunigter Puls signalisiert mir, dass das etwas Schlimmes war. Mein Körper hat es erkannt, bevor mein Verstand es begriffen hat.

Was war das?

Eine Bombe, sagt Aida. Das war eine Bombe. Nicht weit weg, es fängt wieder an. Ich muss auflegen.

Ich stehe da mit dem Telefon in der Hand, und das Freizeichen piept – und draußen der blaue Himmel und der Sommer und die Hitze und auf meinem Schreibtisch die Surrealisten und der Transzendentalismus, und ich fühle mich hilflos und unerklärlich schuldig.

In den folgenden Wochen rufe ich immer wieder an, um sicherzugehen, dass alle aus der Familie noch am Leben sind. Ich erfahre, dass die israelische Armee in den Libanon einmarschiert ist, dass sie den Litani-Fluss überquert haben, dass sie langsam nach Beirut vorrücken.

Ich erfahre, dass die Bombardements sich auf mehrere Stadtviertel ausdehnt haben, mehrheitlich jene, die von der schiitischen Hisbollah kontrolliert werden. Meine Familie ist sunnitisch, doch sie leben in einem gemischten Viertel. Verdammte Politiker, schimpft Aida zwischen zwei Bombenangriffen. Diese Bastarde. Wir hatten uns gerade vom Bürgerkrieg erholt, und jetzt sitzen wir hier mit Hassan Nasrallah und seiner verdammten Hisbollah, die uns das eingebrockt haben, diese elenden Idioten.

Ich stimme ihr von Herzen zu.

Und das Schlimmste ist, fährt sie fort, dass die Israelis im Ganzen zu dumm sind zu begreifen, dass sie mit ihrer Bomberei das exakte Gegenteil dessen bewirken, was sie wollen. Wenn das hier vorbei ist, wird die Hisbollah noch stärker sein als vorher, und wir werden sie nie mehr los.

Das habe ich schon mal gehört: Gewalt erzeugt mehr Gewalt. Das geht in beide Richtungen.

Ich verstehe von der Politik des Nahen Ostens noch

weniger als von den Transzendentalisten, aber in den folgenden Wochen, Monaten und Jahren lese ich alles, was ich dazu finden kann, und ich erkenne, dass Aida recht hatte: Als es vorbei ist, ist alles noch schlimmer als vorher.

Viele Jahre später erzähle ich all dies meinen Freunden in Israel, und Ronny sagt, das sei typisch, so gehe das immer. Ronny war Fallschirmjäger in der israelischen Armee, er war dabei im Krieg von 2006. Er weiß, wovon ich spreche. Als ich ihm von Rashid erzähle und von meiner Cousine Aida und davon, wie sie ihr Baby im Treppenhaus stillte und Büchsenerbsen aß, während draußen die Bomben fielen, hat er Tränen in den Augen.

Ein paar Jahre danach, es ist das Jahr 2016, habe ich ihn am Telefon und höre schon wieder Bomben, diesmal von der anderen Seite. Wir schalten Facetime an, damit wir einander sehen können. Ronny und Michal stehen mit ihren beiden Kindern in einem Treppenhaus in Tel Aviv, es ist spät am Abend, und aus dem Gazastreifen feuert die Hamas eine Menge Raketen auf Israel. Es sieht aus wie eine weihnachtliche Festbeleuchtung. Ich höre eine Reihe von dumpfen Einschlägen, aber Ronny sagt, das ist nur der Iron Dome, der Artillerie-Schutzschild der israelischen Armee, der die feindlichen Bomben schon im Flug abfängt, damit sie nicht am Boden explodieren. Inzwischen ist es für uns alle Routine geworden: Ronny und seine Familie sind es, so wie alle Israelis, gewohnt, in den Treppenhäusern und Bunkern Schutz zu suchen, und ich habe mich daran gewöhnt, ihnen aus der Ferne dabei zuzusehen, so wie ich zehn Jahre zuvor meiner Familie dabei zuhörte, wie sie die Bomben auf Beirut zählte.

Es ist ein verflucht merkwürdiges Gefühl, einen Krieg durchs Telefon mitzuerleben.

Geht es euch gut, frage ich und komme mir blöd und hilflos dabei vor.

Ronny sagt, sicher, sicher, mach dir keine Sorgen, wir kommen schon durch. Ich frage mich, wie es den Leuten in Gaza jetzt geht, sagt er, und dann schweigen wir für eine Weile, weil wir wissen, dass die Leute in Gaza keine Bunker und keine Schutzräume und ganz gewiss keinen Iron Dome haben, und innerlich wird uns kalt. Während Raketen auf Tel Aviv und Bomben auf Gaza fallen, sind Ronny und ich uns darüber einig, dass dies alles ein riesiger Haufen Bockmist ist.

Ich denke an meinen ersten Besuch bei Ronny und Michal in Israel und wie ich mit Michal über Frieden geredet habe. Wie wir der Frieden *waren*. Einfach so.

Und trotzdem herrscht Krieg.

Die meisten Kriege der Neuzeit sind so, als würde man versuchen, einer Hydra den Kopf abzuschlagen: Man löst ein Problem und schafft ein Dutzend neue. Vermutlich liegt das Problem darin, dass wir alle es gewohnt sind, die Welt in *Wir* und *die anderen* einzuteilen, und natürlich sind die anderen immer eine gesichtslose Masse, und diese Masse ist eine Bedrohung. Wir Palästinenser gegen die Israelis. Wir Christen gegen die Muslime. Wir hier gegen die da drüben.

Ronny ist Israeli, und durch ihn habe ich gelernt, dass es im Grunde nur zwei Arten von Menschen gibt: diejenigen, die Frieden wollen, und diejenigen, die siegen wollen. Er teilt die Welt in vernunftbegabte Menschen und Vollidioten ein und vermutlich hat er recht. Beide Arten von Menschen gibt es überall, in Israel genauso wie in Gaza, im Libanon, in Deutschland und überall sonst auf der Welt, doch das Problem besteht darin, dass die meisten Leute noch immer glauben, dass Konflikte zwischen Nationen oder Konfessionen stattfinden, während es in Wahrheit ein Haufen Idioten ist, die auf den Sieg spekulieren und damit den friedliebenden Teil der Menschheit in die Verzweiflung treiben.

Mein Onkel Youssef hat eine ähnliche Philosophie. Bei meinem letzten Besuch in Beirut erklärt er mir, dass es nie aufhören wird, weil die da oben gar kein Interesse daran haben, dass es aufhört.

Er klebt Absätze an Damenschuhe, als er das sagt, und zur Bekräftigung haut er einmal mit dem Stöckelschuh auf die Werkbank. *Die da oben* sind sein Feindbild, aber er beliefert die ganze Stadt mit Schuhen, die Hisbollah genauso wie die sunnitische und die christliche High Society, also hält er sich zurück und stellt die Schuhe zum Aushärten auf ein Regal.

Der gesamte Libanon ist eine einzige Baustelle, aber die Spuren aller Kriege sind immer noch zu sehen. Sie gehören zum Stadtbild wie Pockennarben zum Gesicht von Marie Antoinette, nur dass sie nicht durch Schönheitspflästerchen überdeckt werden können.

Wie hält man das aus, immer wieder diese Kriege, frage ich meinen Onkel. Es ist die persönlichste Frage, die ich ihm je gestellt habe, und ich bin ein wenig unsicher und hoffe, dass ich ihm nicht zu nahe getreten bin.

Onkel Youssef wirft sich ein paar Zitronenbonbons in den Mund, steht auf und führt mich nach draußen auf die

Straße, wo sein Moped steht. Steig auf, ich will dir etwas zeigen.

Die Sonne ist gerade dabei unterzugehen, die Luft riecht nach Benzin und heißem Asphalt, und der warme Wind rauscht mir durchs Haar, als ich hinter Youssef auf der Vespa sitze (Motorradhelme tragen in dieser Stadt nur Schwächlinge und Versager). Wir landen bald in einem Labyrinth aus kleinen Gassen und halb befestigten Straßen, die von winzigen Läden gesäumt werden, in denen Haushaltswaren und Lebensmittel verkauft werden. Ein Rinnsal Blut läuft über die Straße: Die Metzger haben Schlachttag. Am Straßenrand stehen mehrere Eselkarren mit Obst und Gemüse, ich erhasche im Vorbeifahren einen Blick in die Augen eines alten weißen Esels, der mir nachdenklich hinterherblickt. Die Häuser hier sind noch heruntergekommener als in den Vororten, sie lehnen sich aneinander wie alte Damen, die nicht mehr gut zu Fuß sind. Meist sind es mehrstöckige Häuser aus Beton, nicht verputzt und so marode, dass man den Verfall auf den ersten Blick erkennt. Viele der Gebäude haben es nie über den Rohbauzustand hinausgeschafft, werden aber trotzdem bewohnt, seit Jahrzehnten, wie es scheint. Es riecht nach Fäulnis und bitterer Armut, ein Geruch, der allen Slums dieser Welt gemein ist. Über uns hängt ein dichtes Gewirr aus Kabeln und Stromleitungen, die sich von Haus zu Haus ziehen und die Straße verdunkeln.

Welcome to Sabra and Shatila, sagt Onkel Youssef und hebt die Hand vom Lenker, um eine weit ausholende, schwungvolle Geste zu machen. Wir befinden uns mitten in den berüchtigtsten Flüchtlingslagern des Libanon.

Ich sehe eine Gedenktafel, in die das Datum meiner Geburt eingraviert ist, und denke, dass es ein komischer Zufall ist, dass der Beginn meines Lebens just auf einen der Schicksalstage des palästinensischen Volkes fällt.

Der September des Jahres 1982 war heiß und blutig. Im herbstlichen München fand das Oktoberfest statt, und ich kam auf die Welt, wurde aus einem Teich von Blut und Fruchtwasser ins Licht gehoben. Am selben Abend, dem 16. September 1982, rückten christliche Phalange-Milizen auf die palästinensischen Flüchtlingslager Sabra und Shatila vor. Sie bewegten sich lautlos, wie es alle Milizen in diesem Krieg taten, geschützt im Windschatten der israelischen Armee, die seit dem Sommer jenes Jahres im Land war. Die israelischen Soldaten sperrten die Lager und alle Fluchtwege ab, bezogen Stellung und schauten durch ihre Fernrohre, während die Miliz in die Hütten und Häuser der Lager eindrang. Das Massaker dauerte drei Tage. Die Milizen folterten, vergewaltigten und töteten rund eintausend Menschen, hauptsächlich Frauen und Kinder.

Dieses Blutbad war nur eines in einer Reihe zahlreicher Massaker im Libanon, die die unterschiedlichsten Gruppen aneinander verübten: Muslime ermordeten Christen, Christen töteten Muslime, ganze Dörfer wurden dem Erdboden gleichgemacht in einer beispiellosen Orgie von Gewalt. Doch das Massaker von Sabra und Shatila brannte sich anders ins kollektive Gedächtnis ein, nicht nur weil es so lange dauerte, sondern vor allem, weil es derart systematisch vorbereitet war. Auch meine Familie muss Angehörige in diesem Gemetzel verloren haben, entfernte Verwandte,

Onkel und Tanten vielleicht, die dort seit ihrer Flucht aus Palästina in provisorischen Hütten mit Zinkdach lebten.

Es ist schwer vorstellbar, dass all diese Straßen mit Blut durchtränkt und mit Leichen gepflastert waren, aber ich habe Bilder davon gesehen und sie nie vergessen. Heute sehen die Lager aus wie ganz normale Wohnviertel, einmal abgesehen von der Verwahrlosung und der Armut.

Youssef deutet auf die Gedenktafel, an der ein paar Plastikblumen und Girlanden im Wind flattern, und sagt: *It was your birthday, you see?* Ich drehe mich zu ihm um, um zu sehen, wie gut er es verkraftet, hier zu sein, aber er ist schon woanders: In einem kleinen Laden kauft er zwei Dosen Limonade und einige Schokoriegel, von denen er mir einen in die Hand drückt und den Rest in die geräumigen Taschen seines Sakkos steckt. *Happy birthday, Joujou*, sagt er, obwohl es erst April ist, und grinst mich an. Ich möchte ihn fragen, ob er denkt, dass es so etwas wie Schicksal gibt, aber sein Englisch ist über die Jahre zu sehr eingerostet, und er versteht mich nicht so richtig. *Don't worry about it, habibi,* sagt er und greift in seine Jackentasche. *Chocolate?*

Es wird langsam dunkel, und da verwandeln sich die Gassen in eine andere Welt: Bunte Leuchtreklamen blinken vor den wenigen winzigen Läden und erhellen die Nacht. Kleine Jungen sind unterwegs, bevölkern die nächtlichen Straßen des Lagers und halten uns duftende Sträuße mit Rosen und Päckchen mit Taschentüchern unter die Nase, die wir für ein paar Groschen kaufen sollen. Diese Burschen ernähren damit oft ganze Familien, doch als wir an ihnen vorbeifahren, lachen sie glockenhell und werfen Feuerwerkskörper in die Luft, die in Chromblau, Smaragdgrün und Rubinrot über unseren Köpfen explodieren. Jongleure und Gaukler sind unterwegs, aus Transistorradios dröhnen arabische Popsongs, in deren Takt sie blinkende Bälle in die Luft werfen und wieder auffangen. Über meinem Kopf fliegt ein leuchtendes Frisbee, das eine goldfunkelnde Lichtspur in der Luft hinterlässt, surrende Brummkreisel sausen über die Straße und verschwinden bunt blinkend in tiefen Schlaglöchern, die Nacht ist erfüllt mit Glitzern und Summen, und überall ist Musik. Es ist ein Jahrmarkt des Lebens, das sich selbst trotzt, in einer ganz gewöhnlichen Sommernacht, denn wenn es etwas zu feiern gibt, dann tut man das in dieser Stadt, und wenn es nur die Tatsache ist, dass man noch lebt.

***

Lass uns feiern, sagt Hassan und reibt sich freudig die Hände. Auf der Hamra Street wimmelt es von Nachtschwärmern, die alle von irgendetwas angetrieben werden. Mohammad versucht, dieselbe Lässigkeit auszustrahlen, und steckt probeweise seine Hände in die Hosentaschen und macht weit ausholende Schritte. Es kommt ihm vor, als ob jeder ihm ansehen könnte, dass er seinen Schulabschluss in der Tasche hat und dass er ein Stipendium errungen hat und dass er nach Deutschland gehen wird. Er fühlt sich wie mit Licht durchtränkt.

He, warte mal, sagt Hassan, der versucht, mit ihm Schritt zu halten. Immer mit der Ruhe.

Hassan lüpft eine Braue und sieht Mohammad an: Ist das jetzt der Punkt, an dem du deine alten Freunde im Stich lässt?

Quatsch, sagt Mohammad, spinn nicht rum. Wir werden immer Freunde bleiben.

Dann tu ausnahmsweise mal, was ich dir sage. Heute Nacht wird unsere Nacht. Die Nacht der Nächte. Heute passiert es, du wirst sehen.

Ach ja? Heute begegnest du ihr? Missis Right?

Heute, sagt Hassan, heute begegnen wir Frauen, die hast du in deinem ganzen Leben noch nicht gesehen! Frauen mit Beinen wie Gazellen! Frauen mit Augen wie Juwelen! Frauen, die duften wie die Gärten des Paradieses, und besonders gut duften sie an Stellen, die du dir …

Schon gut, sagt Mohammad.

Vor dem Café de Paris schlägt Mohammad der Geruch von Tabak, Kardamomkaffee und Gin ins Gesicht. Es ist ein unscheinbares Café in einem hoch aufragenden Gebäude aus Sandstein und Beton und macht den Eindruck, als hätte man versucht, ein Stück französische Lebensart in eine Tiefgarage zu pressen, aber trotzdem geht hier die Beiruter High Society ein und aus, oder zumindest diejenigen, die sich dafür halten, was im Grunde auf dasselbe hinausläuft.

Auf der Straße blinken bunte Leuchtreklamen. Hassan und Mohammad tragen ihre besten Schlaghosen und weiße Hemden mit riesigen Kragen. Ihre Spiegelbilder werden von den vorbeifahrenden Autos aufgefangen. Vor dem Café parken schicke Autos, überall auf dem Bürgersteig stehen fabelhaft gekleidete Leute und rauchen Zigaretten.

Das hier ist nur der Anfang, raunt Hassan. Wir müssen uns nicht lange im Café aufhalten, das ist nur zur Einstimmung. Wir könnten durch die Nachtklubs ziehen, in die

Varietés gehen, ins Crazy Horse, in den Kit Kat Club, du weißt schon.

Er greift in seine Hosentasche, zieht einen Packen Geldscheine heraus und wedelt damit. Hassan hat eine gut gedeihende Haschischplantage auf seinem Balkon, und Mohammad ahnt vage, woher das viele Geld stammt. Wenn er tief einatmet, kann er den Grasgeruch an Hassan wahrnehmen.

Im Ernst, Mo, etwas mehr Begeisterung, wenn ich bitten darf. Denk zur Abwechslung mal an mich! Es ist Samstagabend, ich will ein paar Röcke sehen!

Wie zur Bestätigung rast just in diesem Moment eine junge Frau in einem pinken Minikleid aus dem Gebäude und erbricht eine gelbe Lache auf den Bürgersteig. Sie klammert sich an einen Laternenpfahl und speit noch drei Fontänen auf ihre rosafarbenen Plateauschuhe, dann richtet sie sich auf und wirft Hassan und Mohammad einen verächtlichen Blick zu, ehe sie mit hoch erhobenem Kopf wieder zurück ins Café stöckelt. Ein paar andere Mädchen, alle in schwingenden Petticoats, drängeln sich auf dem Bürgersteig, sehen die beiden glotzenden Jungen und die Lache von Erbrochenem und stoßen kleine entsetzte Schreie aus. Dann huschen sie ruckelnd und langbeinig davon.

Mohammad fährt sich nervös durch die Haare. Wir könnten auch ins Kino gehen?

Entspann dich einfach. Hassan klopft ihm beruhigend auf die Schulter und öffnet die Rauchglastür des Cafés.

Die Männer in den Cafés von Hamra gehören jener distinguierten Spezies an, die beim Teetrinken den kleinen Finger abspreizen und einem eher eine Kugel in den Kopf jagen würde, als ihre manikürten Hände bei einem Handgemenge zu ruinieren, aber die Frauen schweben zwischen den roten Polstersesseln hindurch wie pastellfarbene Wolken. Mohammad und Hassan stellen sich in eine Schlange wartender Leute, und Hassan wechselt ein paar Worte mit einem der Kellner. Schließlich werden sie über einen purpurroten Teppich zu ihrem Platz geführt. Mohammad schlendert krummbeinig und betont gleichgültig hinter Hassan her, bemüht, wie ein Rockstar zu wirken. Hör damit auf, zischt Hassan ihm zu, du siehst aus wie ein Schuljunge, der mit seiner Oma einkaufen geht.

Mein Herz spielt verrückt, vertraut Mohammad ihm an, als sie an dem Tisch der Mädchen von vorhin vorbeikommen. Vielleicht bekomme ich eine Grippe, oder einen Anfall.

Reiß dich zusammen, sagt Hassan und nimmt an einem winzigen Tischchen Platz, das der Kellner ihnen zugeteilt hat.

Er zieht zwei selbst gedrehte Zigaretten aus der Hosentasche und sieht sich um. Nicht übel, nicht übel, sagt er.

Mohammad lässt sich umständlich in den niedrigen Sessel sinken und stellt fest, dass sich seine Knie nun auf einer Höhe mit seinem Gesicht befinden.

Ihr Tisch steht am hintersten Ende des Cafés, direkt neben den Toiletten und dem Hinterausgang. Während der Rest des Cafés in mattgoldenes Licht getaucht ist, das die Haare der Mädchen glänzen lässt, sitzen die beiden im staubigen Halbdunkel. Mohammad lässt den Blick schweifen und beobachtet durch seine Knie hindurch die Frauen, die durch den Raum gleiten, lachend den Kopf nach hinten werfen und sich mit langen Fingern durch die Haare fahren.

Niemand nimmt Notiz von ihnen.

Der Platz ist perfekt, erklärt Hassan und zündet beide

Zigaretten gleichzeitig an. Wenn die mal müssen, oder sich die Nase pudern wollen, führt kein Weg an uns vorbei. Hassan reicht Mohammad einen glimmenden Joint und behält den anderen im Mund. Er gleicht einem elektrisierten Aal, seine Augen huschen flink durch den Raum, während er versucht, Blickkontakt mit einer der Schönheiten aufzunehmen, die aber, sobald sie ihn bemerken, die Nase rümpfen und sich brüsk umdrehen.

Mohammad nimmt einen tiefen Lungenzug, dann nippt er an seinem Glas und spürt, wie der Alkohol seine Synapsen weitet, wie die Dinge ineinandergleiten und weich werden. Alles ist in den wohligen Geruch von Zigarettenrauch und Whiskeydunst gehüllt. An der Decke rotiert eine Discokugel, und die dickbauchigen orangefarbenen Lampen verströmen ein behagliches Licht, das auf die anwesenden Gäste wirkt, als würden sie sich alle gemeinsam in einem riesigen Uterus befinden. Es ist ein Etablissement, in dem Männer ihren Drinks die angemessene Aufmerksamkeit schenken und in denen Frauen mit den Männern dasselbe tun. Vor Mohammads Blickfeld verschwimmen Schnurrbärte und Petticoats und von Gin getränkte Zitronenscheiben. Aus den Augenwinkeln nimmt er wahr, dass Hassan aufgestanden ist, um einer Frau um die Hüfte zu fassen, und die Welt ist voller sich drehender Paare und drehender Lichter, und Mohammad fühlt sich, als würde er sich um seine eigene Achse drehen. Er kann spüren, wie sich die Welt um sich selbst dreht und auf ihrer festgelegten Umlaufbahn durchs Universum gleitet, und er gleitet mit, dreht sich mit, folgt dem Rhythmus des Universums, seinem Rhythmus, dem Rotieren und Kreisen des Lebens selbst. Er kann das Schicksal spüren, kann fühlen, wie es ihn von hier forttreibt, als wäre er eine Feder, die der Wind wegträgt. Als wäre er ein unbeschriebenes Blatt Papier, das von der Meeresströmung fortgezogen wird. Vage, wie durch einen Schleier, nimmt er einen Hauch der Zukunft wahr, seiner Zukunft, die – das ahnt er – kurz sein wird, und der Zukunft seiner Familie. Er ahnt Kriege und Leid und Freude und Glück, und er sieht Pfade und Wege und Linien, die sich verzweigen wie ein nicht enden wollendes Geflecht, wie ein Stammbaum – sein Stammbaum! –, der weitergeht, immer weiter. Er sieht Wege, die sich kreuzen, Schicksale, die sich verbinden und neues Leben schaffen. Er sieht Muster und Verbindungen, neuronale Netze, die kurz aufleuchten und wieder vergehen. Er riecht den steinernen Geruch des Alls, schmeckt den Feuerrauch explodierender Sterne, den Schwefelatem der Gasplaneten und hört das Stampfen und Rollen kreisender Planeten, das Zischen und Sausen von Kometen und Asteroiden und das Auf und Ab, das Werden und Vergehen des Alls, des Universums – aller Universen, der Unendlichkeit. Es ist das Ein- und Ausatmen Gottes.

Kommst du mit?, fragt Hassan, die Arme um ein blondes Mädchen geschlungen, das Kaugummi kauend auf einem Bein steht, um sich wie ein Flamingo mit dem anderen Fuß an der Wade zu kratzen. Sie trägt ein fliederfarbenes Chiffonkleid und eine riesige Frisur.

Wir ziehen weiter, sagt Hassan und wedelt wieder mit seinem Geldscheinbündel. Mohammad taucht aus den Tiefen des Weltalls auf, stellt den Blick scharf und spürt, wie ihn ein Hauch von Wehmut erfasst. Mit geweiteten Pupillen betrachtet er Hassan, der dem ungeduldig werdenden Mädchen beruhigende kleine Küsse aufs Haar und auf die Wangen gibt, und dann spürt er einen inneren Windstoß, der ihn von hier wegtreibt, schon bald sogar, denn er befindet sich bereits auf einer neuen Umlaufbahn, die ihn unaufhaltsam vorwärtszieht.

Er steht auf und legt Hassan die Hand auf die Schulter, wobei er das Mädchen streift, das wie vom Blitz getroffen zurückzuckt. Mach's gut, mein Freund, sagt Mohammad.

Dann tritt er hinaus auf die Hamrastraße, in die Nacht, in die Zukunft. Er sieht sich an, wie die Stadt funkelt und glitzert und pulsiert im Takt der Armen und der Reichen, und auf dem Weg nach Hause sagt er Lebewohl, und er sagt es zu jeder Straßenecke. Es ist der 2. Juli1974.

Die Morgendämmerung bricht an in der Farbe von reifen Pflaumen. Mohammad trägt seinen Koffer die Steinstufen hinunter und sagt ein letztes Mal Lebewohl, und dann sagt er es noch einmal und noch einmal, denn seine Mutter kann nicht aufhören zu weinen.

Als er auf dem Rollfeld des Flughafens steht, sind die Wolken am Horizont rosarot, und die Sonne strahlt hell wie Vanilleeis. Mohammad klettert die metallene Treppe, die zum Flugzeug führt, hinauf, über seiner Schulter hängt eine braune Ledertasche, die er eigens für die Reise gekauft hat. Er dreht sich ein letztes Mal um und winkt.

Als er auf seinem Platz sitzt und das Flugzeug abhebt, sieht Mohammad nach unten. Das Meer ist tiefblau, und die Stadt ist sandfarben und da, wo die Zedern in den Hügeln wachsen, grün. Mohammad schließt die Augen und öffnet sie wieder genau in dem Moment, in dem das Flugzeug sich zur Seite neigt und in einem großen Bogen die Stadt hinter sich lässt, und als er aus dem Fenster blickt, sieht er nichts als den Himmel und den Horizont, der blau ist.

Epilog

Ich komme von einer langen Linie
aus ewigen Menschen.
Wir sind ewig.
Wir kommen und gehen und kommen wieder.

PHYLLIS PERRY

Das Universum als Straße zu begreifen
Als viele Straßen
Als Straße für reisende Seelen

WALT WHITMAN

Nachdem mein Vater in Deutschland angekommen war, nachdem er studiert und sich ins Münchner Nachtleben gestürzt hatte, wo er in schummrigen Kneipen zu den Rolling Stones getanzt und Bier aus großen Krügen getrunken hatte, nachdem er seine erste Freundin Anne verlassen hatte und aus Einsamkeit stets den Fernseher in seiner kleinen Wohnung laufen ließ, damit er Stimmen hörte, wenn er von der Arbeit nach Hause kam, traf Mohammad eine junge blonde Frau mit einer riesigen Steinvase auf dem Schoß in der U-Bahn-Station Münchner Freiheit.

Mohammad trug einen Schnurrbart und weite Schlaghosen, und die junge Frau trug ein rotes Sommerkleid und Plateauschuhe, die sie mindestens zehn Zentimeter größer machten.

Er bat sie um eine Zigarette, obwohl er nicht rauchte, aber etwas Besseres fiel ihm auf die Schnelle nicht ein. Sie gab ihm eine, sie rauchten gemeinsam und stiegen schließlich in dieselbe U-Bahn. Es ist erstaunlich, wie schnell man einander seine Lebensgeschichte erzählen kann, wenn man weiß, dass man nur vier Stationen hat. Zufällig stiegen die beiden an derselben Haltestelle aus. Die junge Frau wuchtete die Steinvase auf ihre Hüfte, gab Mohammad höflich zum Abschied die Hand und marschierte davon. Doch nachdem sie sich verabschiedet hatten und ein paar Schritte in entgegengesetzte Richtungen gegangen waren, drehten sich beide gleichzeitig um und mussten lachen. Sie gingen aufeinander zu und tauschten ihre Telefonnummern aus.

Ein Jahr später waren sie verheiratet und einige Jahre danach wurden sie meine Eltern.

Es ist merkwürdig, wie viele Zufälle zusammenspielen müssen, um eine Kettenreaktion in Gang zu setzen, aus der dann beispielsweise eine Familie entsteht. Oder etwas ganz anderes.

Meine Großeltern flohen vor dem Krieg, und mein Vater floh vor dem Krieg, und wäre nicht Krieg gewesen, dann wären sie nicht geflohen, und dann hätte mein Vater nicht das Mädchen mit der Steinvase getroffen, und dann würde ich nicht hier sitzen und darüber schreiben, dass sie flüchteten und überlebten und einander trafen und dafür gesorgt haben, dass ich geboren wurde und lebe.

Eins steht fest, für diese Geschichte waren sehr viele Zufälle nötig. So viele, dass man sich am Kopf kratzt.

Ein paar Monate vor seinem Tod – ich hatte gerade damit begonnen, meine ersten unbeholfenen Schritte zu tun – schrieb mein Vater ein paar Gedanken über Gott und das Leben als solches in sein rotes Notizbuch.

Glaubst du an Gott?, steht da.

Ist Gott in uns selbst? Oder in der Liebe und in der Vergebung, die wir der Welt und einander entgegenbringen, ungeachtet unserer Rasse oder unseres Glaubens?

Ist es unser eigenes waches Bewusstsein?

Ist Gott die Natur und jedes Ding vorher und nachher? Ist es das Alles oder das Garnichts, das Große oder das Kleine, das Nahe oder Ferne oder das sich ausdehnende Universum?

Ist es du und ich und er und sie und alle? Ist Gott in den weit aufgerissenen Augen von Kindern und in ihrem Lachen?

Ist das Gott selbst, der da lacht?

Ja, ich glaube an Gott. An diesen Gott.

Dank

Ein Buch zu schreiben, zumal ein so persönliches wie dieses, ist nicht ohne die Hilfe zahlreicher wohlwollender Menschen möglich.

Mein Dank gebührt all jenen, die mir beim Schreiben dieses Romans geholfen haben, die mich begleiteten, unterstützten und mit Zuversicht, Weitblick und überwältigendem Engagement dafür gesorgt haben, dass es erschienen ist.

Ich danke meiner wunderbaren Agentin Katharina Altas für ihre unermüdliche Unterstützung und ihren klugen Rat, mit dem sie mir seit Jahren zur Seite steht.

Ein großer Dank gilt meiner Lektorin Katharina Hierling bei C.Bertelsmann, mit der die monatelange Arbeit an diesem Text ein Feuerwerk der kongenialen Gedanken wurde. Welch ein Glück, sie als Lektorin und Freundin zu haben.

Ich danke dem gesamten Team von C.Bertelsmann für ihr Vertrauen und ihre Unterstützung, insbesondere: Susanne Krones, Stefanie Leimsner, Katharina Eichler, Eva Schubert und Inka Hagen.

Der größte Dank gebührt den Mitgliedern meiner Familie, die sich bereit erklärt haben, mir ihre Geschichte zu erzählen, und mir erlaubt haben, sie aufzuschreiben. Bei meinen Reisen zu den Schauplätzen dieses Romans bin ich zahlreichen Menschen begegnet, die mir geholfen haben, Licht ins Dunkel zu bringen und die Vergangenheit lebendig werden zu lassen.

Ich danke all jenen, die mich mit Informationen über Geschichte und Politik des Nahostkonflikts versorgt haben und auch an Augenzeugenberichten nicht gespart haben: Meinen Freund:innen aus Israel, dem Gazastreifen, dem Westjordanland, dem Libanon und Syrien: Ronny Edry, Michal Tamir, Yvonne Sabah, John Dabshe, Angy Shavit, Gershon Baskin, Andrea Laurence, Dan Goldenblatt, Ibrahim Abu Hawa, Ahmed El Tayar, Mohammad Rahim, Salim Tamari, Tamar, Marwan und vielen anderen.

Bei der Vorbereitung und Recherche zu diesem Roman habe ich viel Zeit in Bibliotheken verbracht. Ich danke dem Institute for Palestinian Studies in Jerusalem, dem UMAM Documentation & Research Centre in Beirut, dem Goethe Institut Beirut, dem Goethe Institut Tel Aviv, dem Institute for Middle Eastern Studies der Universität von Tel Aviv und der Bayerischen Staatsbibliothek in München.

Ich danke Silke Seemann vom Lesehotel Bad Goisern, dass sie mir im Rahmen eines Writers-in-Residence-Programms Raum zum Schreiben gab.

Hilfreich waren die Gedanken und Ideen der Teilnehmer:innen verschiedener Romanwerkstätten des IAK Instituts München. Ich danke dafür Jürgen vom Scheidt und Jonas Zenhäusern.

Mein tief empfundener Dank geht an alle Menschen, die mir immer geduldig zur Seite stehen, an mich glauben und mich in allem unterstützen: meine Mutter. Meine weit verzweigte

Familie. Meine Freund:innen in aller Welt. Sebastian und MiNo. Ich danke euch.

Dieses Buch ist eine Geschichte über den Krieg, den Frieden und das Leben. Daher ist es mir ein Anliegen, auf die wichtige und wertvolle Arbeit aufmerksam zu machen, die zahlreiche NGOs und Organisationen jeden Tag leisten, um einen Teil zum Frieden beizutragen. Meine Dankbarkeit gebührt meinen Freund:innen aus der Peace Factory, den Aktivist:innen des Israeli Palestinian Peace NGO Forum, der Alliance for Middle East Peace, dem One Voice Movement und vielen weiteren. Unschätzbar wertvoll ist die Arbeit des Parents Circle, in dem sich Eltern von im Nahostkonflikt getöteten Menschen aus Israel und Palästina gemeinsam für den Frieden einsetzen.

Glossar

Abu (arab.) Vater. Wird auch als Ehrenbezeichnung verwendet, bspw. Abu Mahmoud, Vater von Mahmoud

Aiwa (arab.): Jawohl

Alif, Ba, Ta (arab.) Das ABC

Ammo (arab.) Onkel

Baba (arab.) Papa

Bismillah (arab.): Bei Gott

Galabiya (arab.): Traditionelles bodenlanges Gewand arabischer Männer

Goyim (jiddisch): Nichtjuden

Habibi, habibti (arab.): Liebling

Halas! (arab.): Schluss damit!

Halwa (arab.): eine Paste aus geschmolzenem Zucker und Zitronensaft, die zum Enthaaren des Körpers verwendet wird

Haram (arab.): verboten, tabu

Inshallah (arab.): So Gott will

Knefe (arab.): Süßigkeit aus geschmolzenem Käse mit Zucker und Gries

Labneh (arab.): Quark mit Olivenöl

Mashallah (arab.): Mein Gott

Marhaba (arab.): – Hallo, guten Tag

Nargileh (arab.): Wasserpfeife

Oh vey (jiddisch): Oh weh!

Sabah al-Cheir (arab.): Guten Morgen

Sayeda (arab.): Ehrbezeichnung für Frauen

Sephardische Juden (Sephardim): Bezeichnet Juden und ihre Nachfahren, die sich nach ihrer Vertreibung von der Iberischen Halbinsel im 15. Jahrhundert größtenteils im Nahen Osten und in Nordafrika niederließen, kulturell jedoch weiterhin von ihrer iberischen Geschichte geprägt wurden, im Gegensatz zu den mittel- und osteuropäisch geprägten Aschkenasim.

Shukran (arab.) Danke

Tabouleh (arab.): Libanesischer Salat aus Petersilie, Minze, Bulgur und Tomaten

Tamam (arab.): In Ordnung, okay

Umm (arab.): Mutter. Wird auch als Ehrenbezeichnung verwendet, bspw. Umm Mahmoud – Mutter von Mahmoud

Wallah (arab.): Ich schwöre

Yallah! (arab.): Etwa: Auf geht's!

Zaghruta (arab.): – trillernder Jubelgesang

Soundtrack

1. Xavier Rudd – The Letter
2. Joan Baez – Diamonds and Rust
3. Fairouz – Kifak Inta
4. Kristi Stasinopoulou – Jaffa
5. Umm Kulthum – Fakarouny
6. Frank Sinatra – None but the Lonely Heart
7. Bing Crosby – Nevertheless
8. Marcel Khalifa – My Mother
9. Fairouz – Le Beirut
10. Nathalie Merchant – Motherland
11. Fairouz – Bahebek Ya Lebnan
12. No Blues – The Clock
16. Rainbirds – Boy on the Beach
17. The Contours – Do You Love Me
18. The Beach Boys – Help Me, Rhonda
19. Fairouz – Nassam Alayna El Hawa
20. Anouar Brahem – The Lover of Beirut
21. The Cardigans – War
22. John Lennon – Imagine
23. John Lennon & Yoko Ono – Give Peace A Chance
24. Nick Drake – Northern Sky
25. The Rolling Stones – Paint it Black
26. Xavier Rudd – Follow the Sun
27. Tracy Chapman – The Promise

Literaturverzeichnis

Asseburg, Muriel und Busse, Jan: Der Nahostkonflikt. Geschichte, Positionen, Perspektiven. Verlag C.H.Beck, München, 2016.

Baer, Udo und Frick-Baer, Gabriele: Flucht und Trauma. Wie wir traumatisierten Flüchtlingen wirksam helfen können. Gütersloher Verlagshaus, Gütersloh, 2016.

Becker, Jillian: The PLO. Weidenfeld und Nicolson, London, 1984.

Black, Ian: Enemies and Neighbours. Arabs and Jews in Palestine and Israel, 1917–2017. Penguin, London, 2018.

Chami, Joseph G.: Lebanon. Days of tragedy. Lebanon 1975–1976. Transaction, Piscataway, 1980.

Cordesman, Anthony H.: The Israeli-Palestinian War. Escalating to Nowhere. Greenwood Publishing Group, Santa Barbara, 2005.

Drummond, Dorothy Weitz: Holy Land, Whose Land? Modern Dilemma, Ancient Roots. Fairhurst Press, Terre Haute, 2004.

Fisk, Robert: Pity the Nation. Lebanon at War. Oxford University Press, Oxford, 2001.

Fraser, Thomas G.: Contested Lands. A History of the Middle East since the First World War. Haus Publishing, London, 2021.

Friedman, Thomas L.: The Beirut Massacre. The Four Days. In: The New York Times, 26. September 1982.

Gelvin, James L.: The Israel-Palestine Conflict. One Hundred Years of War. Cambridge University Press, New York, 2005.

Gerber, Jane S.: Anti-Semitism and the Muslim World. In: History and Hate. The Dimensions of Anti-Semitism, ed. David Berger. Jewish Publications Society, Melrose Park, 1986.

Grossman, Dave: On killing. The Psychological Cost of Learning to Kill in War and Society. Open Road Media, New York, 2014.

Khalidi, Rashid: Palestinian Identity. The Construction of Modern National Consciousness. Columbia University Press, New York, 1997.

Kretzschmar, Katharina: Identitäten im Konflikt. Palästinensische Erinnerung an die Nakba 1948 und deren Wirkung auf die dritte Generation. In: Histoire Band 154. Transcript Verlag, Bielefeld, 2019.

LeBor, Adam: City of Oranges: An Intimate History of Arabs and Jews in Jaffa. W. W. Norton & Company, New York, 2007.

Lewis, Bernard: Semites and Anti-Semites. An Inquiry Into Conflict and Prejudice. W. W. Norton & Company, New York, 1999.

Lynd, Staughton, Bahour, Sam and Lynd, Alice (Hrsg.): Homeland. Oral Histories of Palestine and Palestinians. Olive Branch Press, New York, 1997.

Masalha, Nur: Palestine. A four thousand year history. Zed Books, London, 2020.

Muhawi, Ibrahim: Speak, Bird, Speak Again. Palestinian Arab Folktales. University of California Press, Berkely, 1989.

Nazzal, Nafez: Historical Dictionary of Palestine. Scarecrow Press, Lanham, 1997.

Porath, Yehoshua: Palestinian Arab National Movement. From Riots to Rebellion. 1929–1939, Vol. 2. Frank Cass and Co., Ltd., London, 1977.

Rotter, Gernot und Fathi, Schirin: Nahostlexikon. Der israelisch-palästinensische Konflikt von A–Z, Palmyra Verlag, Heidelberg, 2003.

Smith Melton, Patricia: Sixty Years, Sixty Voices. Israeli and Palestinian Women. Peace X Peace, 2011.

Stephan, Cora. Das Handwerk des Krieges. Rowohlt Berlin, Berlin, 1998.

Zitatnachweise

Das Motto des Romans stammt aus Alice Walker,
Horses Make A Landscape Look More Beautiful
© 1986 by Amistad, New York.

Das Zitat auf S. 25 stammt aus Toni Cade Bambara, Salvation Is the Issue
in: Mari Evans (Hrsg.), Black Women Writers (1950-1980)
© 2008 by Random House, New York.
Die Übersetzung stammt von der Autorin.

Das Zitat auf S. 65 stammt aus Octavia E. Butler,
Die Parabel vom Sämann
© Wilhelm Heyne Verlag, München,
in der Penguin Random House Verlagsgruppe GmbH
Übersetzung: Dietlind Falk

Das Zitat auf S. 117 stammt aus Salman Rushdie, Die satanischen Verse
© 2013 btb Verlag, München,
in der Penguin Random House Verlagsgruppe GmbH
Übersetzung: Alle Rechte an der Übertragung ins Deutsche
bei Rowohlt Verlag GmbH, Reinbek bei Hamburg

Das Zitat auf S. 117 stammt aus James Baldwin, Stranger in the Village
© 1955 by Beacon Press, Boston.
Die Übersetzung stammt von der Autorin.

Das Zitat auf S. 205 stammt aus Phyllis Perry, Stigmata
© 1998 Ulllstein Verlag, Berlin.

Das Zitat auf S. 205 stammt aus Walt Whitman, Song of the Open Road.
Die Übersetzung stammt von der Autorin.

Sollte diese Publikation Links auf Webseiten Dritter enthalten,
so übernehmen wir für deren Inhalte keine Haftung,
da wir uns diese nicht zu eigen machen, sondern lediglich
auf deren Stand zum Zeitpunkt der Erstveröffentlichung verweisen.

MIX
Papier | Fördert gute Waldnutzung
FSC® C014889
www.fsc.org

Klimaneutral*
Druckprodukt
ClimatePartner.com/14044-1912-1001

Penguin Random House Verlagsgruppe FSC® N001967

1. Auflage
Copyright © 2023 C. Bertelsmann
in der Penguin Random House Verlagsgruppe GmbH,
Neumarkter Str. 28, 81673 München
Karte: Peter Palm
Umschlaggestaltung: Sabine Kwauka
Umschlagabbildung: © Alicia Bock / Trevillion Images
Satz: Uhl + Massopust, Aalen
Druck und Bindung: Pustet, Regensburg
Printed in Germany
ISBN 978-3-570-10522-1

www.cbertelsmann.de